U0099454

滄海叢刊

增訂江皋集

吳俊升　著

1986

東大圖書公司印行

中華民國七十五年六月初版

©增訂江皐集

基本定價肆元肆角肆分

著作者 吳俊升
發行人 劉仲文
出版者 東大圖書股份有限公司
總經銷 三民書局股份有限公司
印刷所 東大圖書股份有限公司
臺北市重慶南路一段六十一號二樓
郵撥：〇一〇七一七五—〇號

行政院新聞局登記證局版臺業字第〇一九七號

增訂江皋集自序

文學非余所素習，惟夙好之，業餘間有詩文之作。民國五十五年余執敎香港，集所為詩古文詞，始刋江皋集問世。其時在港諸文學名家以為空谷足音，謬加推許。余固知此非由於余詩文之足取，乃取余以一文壇偏裨負弩先驅之勇耳。嗣後益自奮勵，於詩文更多創作。當時余所在之香港新亞書院以繼承並發揚中國文化為倡，頗能為右文翼敎鼓動風氣，有助於香港文風之蛻變。一時詩文之會稱盛。名家詩文集時有印行。而書畫展覽，亦復踵事增華。諸文人學士以余嘗忝主新亞書院，頗樂於有余參加詩壇文會。詩文專作出版，往往倩予作序。而書畫展覽，亦常邀余翦綵並作序言。因此益多酬世之作。抑此非純為附庸風雅而實有揚扢之微意存焉。慨自白話文學倡行以來，我國傳統文學日趨式微。文言詩文，漸少有人閱解與欣賞。而能創作者尤少。若干年後，我傳統詩文，恐將如西洋文學中希臘與拉丁文學之成為古典或死文學矣。此將為中國文化之損失。興念及此，輒惄焉憂之。余雖不文，但以居右文之學府，有弘文之責任，遂不自揣譾陋，厠身於詩文作家之列，有所寫作。並不辭為諸名家詩文專集及書畫展覽作序言。此非附庸風雅，實有感於對於中國文學，人人有振衰起敝之職責，故更賈其負弩先驅之餘勇耳。自江皋集行世後，以諸種因緣，所作益多。爰蒐集後作諸篇並前集彙編為增訂江皋集。全集中分文錄、詩錄、與輓聯附錄。以文而論，以余嚮慕桐城文派，以為中國文章體例之演變，至於桐城，其樸實說理狀事，汰盡僻典麗言，而行文遣詞，淺易安雅，復有抑揚頓挫之致。於載道而外，兼具文學之美，實文章之極致，又易為初學之津逮。故篤好而習之。雖不能規橅其萬一，但心嚮往之，並願為初學者導其先路也。此次增訂原集，畧以文章性質編次。詩錄中所存諸詩，以作時先後為序。皆抒情遣興及酬世之作，不足言家派。其中以壽詩為較多。良以余自庚寅五十初度，以迄庚子、庚戌、庚申，每年增一紀，雖均未敢稱壽，但均承諸長者友好賜言為壽。在此悠長歲月中，諸長者友好亦多先後同登壽域。余亦多以詩酬賀。因而積篇甚多。此次增訂本集，為省篇幅雖未能全錄，但已較他詩為多。壽人所以壽世，幸尚非純粹酬應之作耳。集中附錄輓聯，因此為我國文學特有之一體。其感舊傷逝，非獨發抒私情，抑且闡揚潛德幽光，或亦可為知人論世之一助，因並錄之。余以暮齒，匆促增訂此集，於篇章去取及編次，難免疏誤。尚祈讀者進而教之。此集之出版，實出於三民書局董事長劉振强兄重視中國傳統詩文之熱忱，及鄉學兄吳敬基教授之贊助，與對原稿核校之勞。特識謝忱。

中華民國七十四年季秋，如皋吳俊升序於美西太平洋之濱洛杉磯寄廬，時年八十有五。

江皋集自序

吾邑如皋濱江負海，出產豐饒，為魚米之鄉。又多年未遭兵燹。家給人足，民有安居之樂。遂多閒情逸致，耽於文事。又以鄉先輩之倡導，文風之盛，著於江陽。余涵濡浸漬其間，又承庭訓，自幼卽好詩文。迨肄業鄉校，時有習作，謬承師友見重。後入國學專習教育，文學猶為業餘所好。偶有所作，隨作隨棄，未有留存。中年以後，教學與從政，更番從事，栗六少暇。所作文字惟教壇講章、官府簿書，未足與言文學之事矣。惟自民國三十四年再度游美，以無恒業，乃多閒暇，遂復事吟詠而有游美詩卅。返國以後，顛沛流離，益多感觸，亦偶然寄託於詩歌。積稿數十首。至於所為散文多抒情與酬世之作，中間散佚甚多。近作收存者亦有一二十篇。論詩文造詣，皆不登大雅，奚事災禍梨棗？惟所為詩多勞者自歌之作，雖無當於聲律，但以吾手寫吾口，其真性情之流露，尚未失敦厚之恉。至於散文諸篇雖文格卑弱不足言家法，但亦以立誠載道為依歸。兩者雖均不足以問世，但有裨於自紀生平。蓋草草勞人，漸臻垂老之年。學問事功少有所成。惟此區區數十篇章，可以識中年以後經歷之里程。凡為學尚友抱道淑世之心，以及感舊傷逝悲歡離合之迹，皆於篇章中畧存鴻爪。惟遭時多故，毀泯堪慮。茲付諸剞刻，聊以自省自娱，並以貽後嗣，諗知交，兼為後之知人論世者參證之一助，或亦可免好事之譏焉。若云著作，則吾豈敢？是為序。

中華民國五十五年冬月，吳俊升序於香港九龍翠華樓廣齋

增訂江皋集　目次

文錄

詩錄

附錄　輓聯

輓蔣孟鄰先生　輓趙故董事長蔚文先生　輓吳兆棠昭儻兄　輓周厚樞星伯姻兄學長　輓張厲生少武先生學長　輓蔡貞人校董　輓王道貫之兄　輓黎蒙感華兄　輓姜景程稚輝學長　輓張丕介兄　輓相菊潭學長　輓蔣樹勳建白兄　輓吳稼秋宗兄　輓潘公展先生　輓丁熊照鄉長　輓陳慶瑜瑾功學長　輓族弟養和一中　輓許孝炎社兄　輓楊亮功夫人　輓丁衍鏞先生　輓馬廷英兄　輓方東美社兄　輓唐君毅兄　又　輓羅香林元乙兄　輓梁敬錞康丞兄　輓業師宗孝忱敬之先生　輓甘家馨友蘭兄　輓黃華表二明先生　輓潘嫂念蓉黃夫人　輓姚琮味辛詞長　輓盧元駿聲伯兄　輓陳啓天修平學長　輓陳大齊百年先生

輓賴璉景瑚先生　輓馬繼援小波兄　又　輓江厚塏鄉兄　輓浦大邦世兄　輓余井塘先生

又　輓鄭通和西谷兄　輓張其昀曉峯學長

文錄

業師郭鴻聲先生教澤追思錄

嗚呼，泰山頹矣，梁木壞矣，吾師捐館舍矣！心喪無已，何以爲辭？惟同門諸子不忍先師之溘逝，思各述所感受於先師者，著爲文字以弘師道而示來茲。以余比年謁候之頻，以及受遇之厚，其何能已於言？公之行誼，素少著錄。幸余於數年前已囑朱君耀祖在美就近請公口述生平而加以筆錄，成有關主持南京高等師範學校與東南大學及從事國際文化事業者各一篇。並經公之親校，於疾篤前商獲准許發表，經函請張曉峯學長，送刊於中國一周，可當公自傳之一部分。其他有關協助國家財政，對外貿易及外交各事，公以時尚有待，未許口述。惟所遺書函文件數箱，經整理後，其生平事跡，當可見全貌，亦可補充同門高仲華教授所撰之行狀而備國史之採擇焉。余於此無可多述，而述公之教澤，以就正於同門與當世知言君子。

余於民國九年入南京高等師範學校，迄民國十三年公去職，與同門諸子，共沐教澤。以後公常居美國。余以公私事務來美甚頻，每來必晉謁沐誨，所受之感召尤深。今年七月來美，初滯紐約，正待赴美京謁候，忽聞公已疾篤住醫院，亟遄赴美京。於八月廿九日上午十一時半抵華盛頓，而公已先二小時捐館舍矣。緣慳一訣。傷哉！

公一生精力以用於教育文化事業者爲最多，而創辦南高東大，樹立誠樸精進之學風，造成建國之人才，尤爲生平最大之貢獻。惜以事業中道受阻，未竟全志，實中國教育史上之憾事，亦爲國家甚大之損失。猶憶北洋政府罷公校長職時，全校師生一致決議請收回成命。未數日一小部同學忽變立場。當日挽留校長發言最激烈者，忽倡反對之論調。同學以外力干與，益感憤慨。此時公已飄然遠引，而新任校長亦不克視事。學校所受之損害極鉅。事後全校同學始知此次校潮，乃由於校內一二失意分子不惜援用外力破壞學校。昔日改變立場之同學，多於事後深悔受人利用，且有於來美時向公親表悔意者。公亦溫然慰之。卽此可見公主持南高東大德澤深洽人心之一斑也。

公主持母校時，其氣魄之偉大，規制之弘遠，同門與時賢已多言及，無俟贅言。惟公辦學除高瞻遠矚器度恢宏而外，對於鼓舞學生發揚踔厲之精神，感人尤深。公在校未任課，但每有集會，公必有演講。每講皆以樂觀進取勗勵諸生，最使同學受益。而其詞令之佳，猶其餘事。至今追懷其講演時之聲音笑貌與趣味，猶歷歷在人心目。

公以樂觀進取精神感召同學，於口字房遭回祿時表現尤爲深刻。猶憶火起後師生群集廣場，群情未免沮喪。公在場猶態度安詳鎮靜。向眾表示口字房建築原已陳舊不適用。現既燬於火，此正改建之機會。將籌款另建更適用之樓宇。並宣布翌日照常上課。當時群情變沮喪爲希望，頓獲安慰。此爲余親歷之情形。而事後公向洛士基金會募美元二十萬就口字房原址建設科學館，規模之大，勝口字房數倍，而師生更覺公當時之安慰，非徒託空言，而愛戴益深矣。

公之處理校務，一本分層負責之原則，僅主持大體，而不親細務。惟於學生有所請，必親予接見。所請無論許與不許，均反復說明其理由，使人悅服而退。故在公長校時間，全校洽然。雖遇五四高潮，而南高學生不激不隨，未嘗踰越範圍。此公平日誘導之效，非偶然也。公治校方針，對於延攬人才，確能兼容並包，無政黨及學派之分。其時國民黨學者在校任教者有陳去病顧實諸教授；講學者則有研究系之梁啓超張君勱，社會主義者江亢虎諸先生。學生中有國民黨員，有青年黨員，亦有共產黨員。但在校內只許作純學理研究，不許作實際政治活動。南京當時在軍人治下，而公能守此立場，亦非尋常教育家所可及也。

南高東大之成就，不僅及於一校，而其影響實汎及於校外教育學術文化經濟各方面，皆公倡導之功。首就教育而言，公爲教育專家，爲中國在哥倫比亞師範學院獲得哲學博士之第一人。其主持南高時酌採美國教育制度與精神以訓練師資。所造就之人才，服務各級學校爲推動學制改革，及推行新教育之基本力量。公就職南高前後，親赴美國羅致中國在美之優秀學者任教。其中羅致之科學家尤多。在校除任教外，並從事研究，開實驗科學之風氣。其後師生散布國內各大學及研究機構，爲中國發展科學之主要動力，其功尤偉。至於樹立學術論衡，發揚中國文化，使優良傳統，不致中斷，公之貢獻亦歷久而彌彰。論者恒言，使當年無此文化重鎮，折衷新舊，繼絕存亡，則今日臺灣各大學及高中，關於中國文化教學，將難得充足勝任之教師。此言如非過當，亦可見一校之措施有關於文運者匪尠，而公倡導之功不可沒也。公之在校復注重農商專業教育，對於後來國家經濟建設，有甚大之貢獻。南高與東大之農科，集全國農業專家於一堂，除教學而外，並於全國農業要區，廣設農業試驗場，從事農業改良之試驗，並以其結果推廣於農村，使稻麥之品種改良，生產增加，豐裕國家經濟。在抗戰期間，以西南一隅之農業生產，供應軍糧民食而無缺，實受農業研究改良與推廣之賜。其間中大農科師生之貢獻最多，而公當年開創風氣，大力推進之功，尤爲可紀。南高初設商科，其旨趣與農科同，原在訓練職業學校師資。但自始公卽擴大其目標，以及於訓練專業人材。東大成立以後，益向此目標邁進。公之遷商科於上海，成爲單科大學，致力國家經濟財政金融專才之訓練，更屬高瞻遠矚。其成就在全國大學中獨樹一幟。至今我國財經主持人及各級幹部猶多數出於公之門牆，其影響可知。

公主持南高東大，對於一校及全國之影響，略如上述，但公非僅一教育家也。以公之學識器度才智，用以治一校，固見其大效，用以從國政，事樽俎，亦宜有卓越之貢獻。過去在政治與外交方面，已小試其端而卓著績效。如交涉各國使館之南遷；如戰時襄理財政，洽借外款之支持抗戰；如國際文化事業之領導；如國際善後救濟事業之綜理，皆舉重若輕，聲譽卓著。倘能更盡其用，則對於國家及國際之貢獻，猶不僅此也。

余個人在南高東大期間，雖沐公教澤至多，但猶係尋常師生之關係。其特邀垂青，始於對日抗戰期間，余奉派出國考察教育。其時公適任美國善後救濟總署副署長兼秘書長。雖公務極忙，仍接見於其康納克大道寓邸，溫然話故，並賜晚宴，親如家人。其後余每次來美必奉謁，而公必欣然接見，暢話南雍舊事，亦必賜盛饌。自公繼梅月涵先生主持在美文化事業顧問委員會以後，余奉部派來洽公務時，公以公誼私情，敎導尤多，俾能完成使命。民國四十九年，余於受亞洲基金會之資助來美對於杜威之敎育哲學續作硏究。在美京國會圖書館硏究數月，因得向公就近請益之機會。公爲杜氏及門弟子，杜氏赴華講學，公實促成，而杜氏敎育學說之影響於中國敎育至鉅，公有倡導傳播之功。公對余之硏究，特感興趣，時加啓發。惟余結論，對杜氏學說未免有保留，公亦不以爲忤。硏究論文完成，公並代請美國漢學家恒慕義先生爲斟酌文字，更爲推介至美國著名之敎育論壇發表。並有意介余於美國敎育機構，俾能繼續從事硏究，以余決定返新亞書院而作罷。其愛護提携之周至，令人感激肺腑。余以不學，而在美國尙爲一部分敎育界人士所知，一部分實由於公之廣爲延譽也。公雖離母校四十五年，但中間對於校事及校友，未嘗一日去懷，尤念念於復校。美國校友復校之會，公多出席指導。復校成功，並親與慶祝。歷年對同學趨謁者，無不溫然接待，暢話南雍往事。其會客室留有同學簽名册，凡來謁者必出示名册，指述某也某也爲某系某班生，曾於某時來謁，如話家常，娓娓不絕。公年登耄耋，而體貌異常人。黑髮健步，耳目聰明，態度安詳和易，眞不知老之將至。一日偕余赴哥大師範學院美京同學會，會畢茶敍。有詢公與余之關係者，公以師生對。余因戲請問者試猜孰爲師孰爲生，而其答案竟顚倒師生之關係。公爲莞爾不置。蓋其時余年將六十，已斑白垂老，而公則清健猶似中年，故有此誤。同門高仲華教授於所作公行狀中敍此事，蓋狀實也。公與余之親切關係，復由於余婦倪亮女士爲同班生，又爲南高第一班女生，故公之印象特深。余婦初次來美，偕子女同謁，後與余同謁，而公與師母夏夫人慇勤接待，備感親切。公在世時與夫人搜集鼻烟壺與茶匙爲消遣。余等每晉謁，恒以此爲贄。今夏來美，以過近東所得之茶匙俱，而公謝世，已不及面獻矣。余在美時，雖細事公亦予以關顧。余數次因公來美，以政府規定，旅館與餐食費每日僅十數美元，殊不敷用。爲對外關係又不便下榻過分湫隘之旅館。問計於公。公告以可住大旅館之小房間。大旅館爲其對外較堂皇，且服務亦周到；小房間則可節租金。並謂彼旅行卽採此策。余遵行至感利便，而不傷廉。卽此一小端，亦可見公之自處儉約而對門人之愛護備至也。

公年近九十猶清健無老態，惟三年前因旅行傷足，雖起坐如恒而精神忽趨消極。余於兩年前晉謁，仍蒙接見，但談話已少。余雖多方加以解慰，但仍現沮喪之態。當時已覺可憂。其後通訊已改由師母代署名，更覺大限將屆。因於今年春季，函囑朱君耀祖就近請示，前所筆錄公之生平可否刊布，經俞允後，由張曉峯學長發表於中國一周，並商在臺同門爲公慶祝九十壽辰。孰知中國一周在臺刊出，公未及見，而祝壽正在籌議中，公已溘然長逝矣。悲哉！

綜觀公之一生，其教澤不僅及於一校，且汎及於全國。時賢顧季高教授以郭林宗方公。同門高仲華教授復以公與雷次宗後先媲美，均屬儗於其倫。公之樹立淳樸學風，猶有道之於漢代；而其經營南雍，尤光大次宗之往績，留不朽之盛事。至於公辦學之方針，以學術與事功並重，而東南弟子，亦無忝師門，其事跡復有類於胡安定之在湖蘇興學，經義治事，分齋肄業，其門人恂恂然不問而知爲安定弟子。以公之克享遐齡，使其事業不中道受阻而用盡其長，則其貢獻於一校一國者將不知有若干倍。今公長逝矣，門生故舊，非僅哭其私，且爲國家之損失，唏噓太息而不能已也。民國五十八年十月十四日，門人吳俊升謹述於紐約，時距公捐館舍已四十五日矣。

繆金源教授傳

民國紀元二十年間余與東臺繆君金源同邑魏君建功，始共執教於北京大學。三人者同出江淮。少則相聞，長則相慕。慨然以勵行淑世相期許。及共事國學，過從甚歡。每於課餘抵掌論學問及天下事，雖牴牾少所同意，而交誼則彌篤。三人中繆君年最長，體最弱。嘗戲論彼如先下世，誰可爲作傳者。魏君與繆君交最久，相知亦最深。余以爲匪異人任，而繆君獨屬意於余。蓋許余立言謹愼，可以如實狀其生平也。余亦漫應之。孰意繆君捐館舍歷二十載，墓木已拱，而余徒以邦家多難，播遷不遑，迄未能踐宿諾，負疚良深。玆者世變愈劇，人事愈不可測。詎可再無傳述以終負故友？用就所知，書君遺事，以備史家之採擇焉。繆君諱金源，字淵如，光緒某年生於江蘇東臺之栟茶市。繆氏爲東臺望族。繆君先世耕讀傳家。其尊人設肆於栟茶市。君自幼卽岐嶷。入小學，成績冠其曹。畢業時會族人繆君文功長江蘇省立第七中學，君往從學於南通。第七中學人材輩出，君則其翹楚而志行尤狷介絕塵俗。通屬諸邑青年，無不知有繆生者。迨畢中學業，應北京大學入學試，以高第獲雋入學。習哲學，精研中國經子學，兼及西方哲學，造詣甚深。君在校時適當五四新潮磅礴之秋。君於新思潮雖多所許可，惟主獨立思考，未肯一意隨和，故闇然無以自見。君處之夷然也。君工詩文。詩不宗家派，惟駸駸入古。文則追橅桐城，樸實簡練有度。惟亦不輕鄙白話文，以謂可以普及大眾。君嘗立意以語體作書牘，絕不用文言。惟與人接談輒出口成章。話則文言，文則白話，人或以此嘲君。君亦不顧也。君立身行事重原則，凡意以爲當行者，卽不顧一切以赴。在北京大學時有倡議廢止考試者，君贊其議。迨學校公布，考試與否，悉聽學生自由。惟不與考者不給文憑。他人多爲文憑而變初衷。君獨屹然不爲所動，寧不得文憑，始終不與考。故君雖畢北大業而終無文憑與學位。顧君不與考，非以怠玩畏考。君之劬學且遠過他人。徒以考試爲不當，故不顧利害而固執初議耳。其特立孤行多類此者。當五四潮流激盪間，有志青年羣思改革社會，而改革則自本鄉始。一時蘇省各縣青年組織團體，從事改革鄉治者風起雲湧。余與魏君建功在如皋組「平民社」，發刊「平民聲」期報，而繆君則獨力刊行一報名曰「東臺人話」，評論地方政事，不稍假借，道路側目，幾累其家。蘇浙齊盧戰事起。

滬上輿論多右盧而抑齊。繼而盧勝代齊爲蘇督。繆君以一大學生獨電盧勸阻，謂軍人交鬨，曲直姑不具論，而徒恃武力，攫奪要區，非地方之福，更非法治之常軌也。其違衆敢言不計後果有如此者。君畢大學業後，曾任教孔德學校、中法大學、輔仁大學，以兀傲與人少合。其後返北京大學任哲學講席，與往日師友共晨夕，宜可稍展襟抱矣。惟所講述不隨時尚，仍鬱鬱不得意。惟與余及魏君時時聚首縱談以自遣。其後曾佐其戚某君於安徽教育廳，旋亦以意見不合而罷去，仍返教於北京大學。民國廿六年中日戰事起，學校南遷，君未克從。不久遂陷敵。敵攫平津公立各院校，強原任教師繼續任教，多委曲遷就者。君獨峻拒。敵施威迫利誘皆不屈。惟君清貧，不任教卽無以資生計。會輔仁大學爲教會設立，尙能嶄然存在，並與我政府通聲氣，聘君任教。君以斯校未變宗旨，又爲往日設帳之地，遂膺聘。初甚相安。後以在講壇授哲學，於宗教有微詞。校當局諷以改變議論，君以爲干涉講學自由，毅然拒絕。遂以此離校。閉戶不出，生事日艱。時余于役重慶教育部，展轉聞訊，亟電部員在平津工作者予以接濟。君寄我以詩，有「兀傲搔頭幾知己；艱難從政一書生」之句。既而地下工作者爲敵偵破，遂失聯絡，而君以接濟斷絕，饔飧不繼，全家遂又陷飢餓中。敵人偵其情，再以任教相啗。君拒之益力，寧與家人忍飢待斃，終不屈。君體素弱，平日他事自奉甚儉，惟食飲較豐盛，藉以維體力。至此因忍飢久，百病俱生，遂不支。而以民國三十二年捐館舍。遺妻周及弱女四人。君凶問傳至重慶，余請於部以事蹟呈行政院，獲院令褒揚。勝利後其妻女猶留北平，今則存亡未卜矣。

論曰：昔宋儒謂餓死事小失節事大，今之論者，或病其陳義過高，不近人情。余以謂此如專爲勗勵婦人爲夫盡節而言，則今昔異俗，所論誠有未洽。惟士君子立身處世之大節，應有凛然不可移者。失節與餓死，其爲事之大小，誠不可同日而語；而殺身成仁捨生取義之爲最高道德，正古今中外所同然，何可輕議也？繆君寧餓死而不肯變節從敵，正讀聖賢書者之所應爲。其持節不變之正氣，浩然長存。充其量可以四三光而六五嶽。而彼靦顏事仇，不惜自誣與自醜詆至不堪言狀，以圖苟全者，愧對繆君多矣。昔人恆言，慷慨赴死易，從容就義難。繆君夷然忍飢至死以完大節，其從容爲何如？然則君之死至難亦至烈矣。悲夫！

邵毓麟先生傳

邵毓麟先生，浙江鄞縣人。生於民國前三年（一九〇九）。祖諱某，父諱鶴亭，素以忠厚傳家。先生生而岐嶷。初習商業。後以穎異宜深造，遂遊學日本。初入慶應大學習經濟。後以成績優異獲公費轉入九州帝國大學，習政治經濟。以學業出眾，經同學會推為校刊編輯委員之一。校刊言論素偏激。後由校令停刊。先生初不知此刊有校外政治背景。經此遂增對於政治之警覺。九州帝大卒業後，不久復入東京帝大研究院深造。於民國廿三年受四川大學聘，任教授。後受任為外交部情報司日俄科科長。民國廿五年許世英先生奉使日本，以先生畢業日本帝大，精日文復洞悉日本國情，親訪先生，邀任駐橫濱總領事。其後日本與我國斷交，遂隨許大使返國，時民國二十七年也。

時抗日戰事已起，政府暫遷漢口。先生以張季鸞先生之薦引，蒙委員長蔣公召見，因陳日本現狀及抗日策略，蒙嘉納，立派爲軍事委員會國際問題研究所組長。其後政府遷渝，改任侍從室秘書，隸陳布雷先生幕下。從此參與密勿，對政治外交大計，多所獻替。有時密呈說帖，多見採用。如此任侍從秘書者凡七載。中間曾於民國三十年奉派兼任外交部情報司司長。以不容於次長吳國楨而辭職。於民國卅二年專任侍從秘書。

三十四年一月，奉派赴美出席太平洋學會國際會議，討論戰後如何處置日本。此會本爲親共組織。我國歷次派學界名流參加，均未有警覺。此次會中，美國拉鐵摩爾及范宣德等均出席。會中主張流放日皇，並抨擊我國政府苛待中共，對於韓國獨立時間，亦主延期。均經先生發言駁斥，未有何決議。會後復奉命參加在舊金山舉行之聯合國創立會議。對我代表團有所協助。在托管制度小組會議中，主張托管之最後目標，應使受托管人民成爲獨立國家。此議經大會通過。其後非洲等處各殖民地相繼獨立成國。

在舊金山會議期間，德國投降。歐洲戰爭告一結束。惟日本猶負固掙扎。先生在美與我駐美軍事代表團商議，向美方交涉，使我國參加美英聯合參謀長會議，以期迅速結束對日戰爭而我國可獲應得戰果。交涉結果有望，先生乘美國軍機返渝報告。在途中已獲日本投降消息。抵渝後晉見委員長蔣公，即日奉令以中國陸軍總司令部參議名銜隨何總司令赴芷江，處理受降日軍事宜。曾擬訂「各戰區日軍受降綱領」爲受降之準則。隨後與前進指揮所主任冷欣將軍往南京部署。日軍總司令部副參謀長今井武夫密告先生，岡村寧次總司令，有隨時「切腹殉國」之虞。先生以岡村爲我方受降日軍之關鍵人物，岡村一死，在華日軍無主，必致混亂，甚或轉降中共，而軍械輜重亦將有重大損失，殊不利於我方。因兩次親晤岡村，曉以大義，反復勸喩，終於打銷其自殺之念。一本我方命令約束官兵，準期投降，並向我受降當局，繳出所有武器器材，而我方受降工作，得以順利完成。先生幕後勸喩岡村之功，不可泯也。

受降後不久，我方抵南京軍隊，不足兩團。忽有僞南京警備司令部某團僞軍譁變消息。何總司令令先生設法消弭。先生得我方地下工作人員之助，親往該團部曉以利害，遂致平服。其後，在京滬地區考察情況，回渝向主席　蔣公報告。旋奉命再返京滬，協調肅奸與治安工作，及督導情報機關嚴中紀律。同時又奉命與交通部俞飛鵬部長負責全國接收事宜。先生赴京滬公畢返渝；全國接收事宜，已改由行政院副院長兼經濟部長翁文灝負責。翁爲接收委員會主任委員，欲先生副之。當以接收事宜，已經弊端叢生，恐翁亦無法收拾，因婉辭不就。

在此以前，主席蔣公已令先生使土耳其。正辦理手續間，陳儀奉派爲臺灣行政長官，邀先生一同赴臺北，以客卿地位備顧問。對於治臺方針，及金融經濟政策，多所獻議。其最重要者爲力主維持臺幣，不行法幣。此於穩定臺灣經濟，及社會秩序，所關甚大。返渝後復奉派爲軍事委員會駐韓國中將代表，遂罷使土之議。恢復韓國獨立與自由運動，先生早經參與。韓國臨時政府設在重慶時，曾受聘爲唯一顧問。此次派赴韓國，實孚始願。民國卅五年五月政府還都南京。正待出國間，軍事委員會國際問題研究所王芃生主任忽逝世。先生奉命暫代其職務。並爲素所欽重之同志料理喪葬各事。不久此研究所亦告結束，而赴韓之議，因名義多次議論不決而失效。其時侍從室已因委員長　蔣公膺選總統而撤置，先生遂暫歸閒散。

民國卅七年，曾隨張岳軍先生以私人顧問名義往日本作三個月考察。回國不久，徐蚌會戰失敗。陳布雷先生仰藥。先總統　蔣公於卅八年引退。大陸隨卽變色。蔣公於引退前不多日，猶顧念中韓外交之重要，任先生爲駐韓首任大使。因韓國同意手續稽遲，於同年七月始赴韓國履任。韓國自李承晚總統以下軍政要員，均爲先生當年參加韓國獨立運動時舊識，故備受歡迎。同年先總統經李承晚大統領邀請赴鎭海會議。先生參贊其間，對遠東反共聯盟之議，多所策劃。以阻於國際形勢，未能實現，但經過鎮海會議，中韓邦交益趨親密。先生以曾援助韓國獨立，對韓國政界各黨派間之調洽，並多盡力。

一九五〇年北韓入侵南韓，韓戰爆發。二日之間，北韓軍即已逼近漢城，旦夕可下。先生即作遣僑與疏散館員及眷屬之應變措施，而本人則與少數志願館員留在漢城，準備與韓國政府同進退。詎知韓國政府不依外交慣例，未通知各使館已先撤離漢城，並不知其去處。正在情形危迫間，接美國使館通知，可以一同乘軍機撤退，除此別無交通工具。先生與館員不願陷敵被俘辱國，倉卒間別無選擇，因隨美使館同人撤離漢城，初不知其逕往日本福岡機場，以東京爲目的地也。先生抵東京，即與外交部通電話報告撤離漢城經過。當局竟責以未隨韓政府進退。經解釋亦不見諒。時先總統已復職，先生逕以電話向蔣公訴說經過，並請考慮我國軍事援韓。蒙先總統溫語慰問，並告以我方決定援韓，令即返韓。先生奉諭即以駐韓大使身分在東京向路透社發表談話，呼籲聯合國軍事援韓，並謂深信中國政府將率先援韓，包括軍事援助在內云云。經廣播後，南韓軍民振奮。不久聯合國通過美國聲明，決定軍事援韓。因此韓戰轉機。先生返韓後在韓戰前線大田設使館臨時辦事處。旋我國正式致電韓國決計派兵助戰，但因美國持反對態度，李大統領亦顧慮如接受中國軍援，將影響美國援助，不敢接受，我方協助雖經先生數度交涉而未成事實。旣而大田危急，我使館又遷韓政府所在地之大邱。自大邱又迫遷釜山。後以麥克阿瑟將軍出奇軍在仁川西岸登陸，形勢劇變。聯軍不久卽克復漢城，中國大使館亦隨遷原址。未幾中共軍參戰，以眾寡不敵，聯軍節節敗退。一九五一年漢城二次陷敵。我使館再遷出。同年三月共軍失利，被迫撤退漢城以北，我使館再返漢城，旋又隨聯軍撤出。在韓戰中我使館隨軍三進三退漢城，先生顚沛竭蹶，但仍不廢館務，隨時觀察戰況，向我政府作詳細報告，並建議對策。聯軍與共軍交綏，不能制勝。麥帥主張在中國開闢戰場，並接受我軍參戰，與杜魯門總統意見相左而被撤職。從此勝利無望，而先生素主之圍魏救趙策略，亦不獲實現，再留使韓國已無意義，且館務時受掣肘，遂辭職返國，時在民國四十年。先生在韓除外交肆應外，並於華僑之管教養衞，多所盡力。但均助華僑自爲之而獲成效。在漢城屢次撤退時，保僑尤力。甚受僑胞感戴。

返國以後，由先總統蔣公聘爲總統府國策顧問，並兼總統府政策研究室主任。此機構對外稱國際關係研究會，卽現時國際關係研究所之前身也。先生獻議策動韓戰中中共戰俘來臺，及推薦負責人選，均蒙採擇。以後一萬四千義士之來臺，實肇端於先生之策劃也。其後先後奉派往泰緬邊境宣撫李彌將軍所率游擊部隊，參加聯合國第八屆大會，及視察在外使領館館務，均著辛勞。

民國四十一年中日商訂雙邊和約。先生奉命代表國民黨參加我方特設之委員會，對於和約內容多所獻替。和約既成，中日復交，當時曾有先生使日之說，因故未能實現。民國四十六年出任駐土耳其大使。土國居中東要衝，先生在任內聯絡日韓使節，共取反共立場。又為增進中土邦交，請土國國會議長及總理孟德爾先後訪問我國，又請土國邀請彭孟緝、蔣緯國兩將軍先後赴土訪問並考察。我國外交部聞利比亞將承認中共政權，急電駐外使節設法阻止。先生與利國駐土大使私交甚洽，經其介紹特往利國說其當局，終打銷承認中共之議而與我國訂交。

民國五十三年，先生以在土已八年之久，倦勤辭職返國。返國前偕夫人遍遊北歐及美、日、韓等國，仍不忘隨時從事國民外交。返國後任外交部顧問，並任中國文化學院教授兼日本研究所所長。民國六十六年以其子女在美迎養，遂偕夫人移居美西洛杉磯，仍不忘懷國事與世界局勢。余居處與先生寓所相隔僅咫尺，幾於朝夕晤對。先生時為述其從政及出使經過，並縱論天下國家事，不勝唏噓，若有憾焉。民國七十三年因久患巴金森病，體力就衰，後染肝癌，久醫不治，於十一月十四日辭世，春秋七十有六。遺夫人孫朔寧女士。子子先，美國意利諾大學哲學博士、Bell分支公司S．

N·D副總裁，媳程川英。子子平，德國科隆大學法學博士，在聯合國任人事法規制訂及管理工作，媳羅其雲。子子凡，美國羅察斯特大學哲學博士，爲德州儀器公司分部經理，媳朱如玉。女令修，法國巴黎大學畢業，在聯合國任翻譯工作，婿倪大夏。孫元，白朗大學學士，任職美國灣區電腦公司。孫女維民、芸，大學肄業。孫維立，孫女維安、理革、理達，均幼讀。

先生遺著「勝利前後」（有日韓文譯本）、「使韓回憶錄」（有韓文譯本），均由傳記文學社出版。「使韓回憶錄」詳述韓國獨立經過，中韓關係，與韓戰經緯。內容多據日記與正式文件，非泛泛全憑記憶之作。另有英文著作 “From Sunrise to Sunset” 待刊。

先生一生除盡瘁政治外交外，對於齊家、待人、接物，亦有足紀者。先生長身亭立，儀表儼然。談論有風趣。齊家得夫人之助，一門之內，肅肅雍雍。教子女均博學成名，尤崇孝道。久病夫人護侍備極辛苦。疾劇時子、女、媳、婿，從美國各地更番來分勞侍疾。親調湯藥，時拂枕簟。當其歿也，盡禮盡哀。其孝行爲叔世所少有。皆先生與夫人敎孝之功。先生從政，對於元首竭其忠貞。對於誼兼師友人士，如張季鸞、陳布雷、王芃生諸先生均極崇敬，對於同事部屬尤多愛護。在駐韓大使任內，隨員葉復愷患急性胃潰瘍，出血甚多，瀕於危殆。在施行大手術時，以先生親輸血五百CC獲救。漢城危急，使館疏散館員，葉隨員感於恩遇，不願疏散，而欲與大使共危難，先生以其大病新愈，仍令疏散。其待部屬之仁厚如此。韓國李承晚大統領，對先生使韓曾遲延同意。後於赴臺訪問時，晤先總統 蔣公，復對先生有微詞。而先生離土使任返國經檀香山時，仍過訪已經去職謫居之李氏。李氏時已病危。據悉曾數請返韓，均未獲准。其夫人請先生向韓總統朴正熙進言，准其返國。先生於訪韓國時，代爲陳說，終獲朴大統領准其遺骸歸葬故國。不久，李氏逝世，終得歸葬。先生不念舊惡，而以德報怨，其風義有如此者。先生逝世前以余有相知之雅，比隣之誼，又飫聞其生前諸事，囑於逝後表其墓。茲以先生火葬後靈灰暫置美國，爰先就所知撰次其生平，以俟當世立言君子，有所考焉。

論曰：昔人謂非才之難，而所以自用者爲難。余以謂才智之士有其才矣，又能善於自用矣，如不得其遇，仍不能用其才。得其遇矣，如不能適其境，則仍不能使才盡其用也。若毓麟先生者，畢業日本帝國大學，博通政法經濟之學，精中日語文，又通英文，洞悉日本國情及國際情勢，富外交謀略，有縱橫捭闔之策，可謂桀桀大才矣。從政以後，參與密勿，奉使四方，忠勤奉公，不矜不伐，亦可謂善自用其才矣。蒙先總統蔣公特達之知，多所任使。隨侍之時，教督煦育，無微不至，可謂得其遇矣。然而終不能盡其才盡其用者何也？乃扼於境也。境者謂人事與形勢。以先生知日之深，爲使日最適當人選，而日使數次缺出，當局曾有意任使，而大命終不及於先生者，因人事之未洽也。先生使韓，盤根錯節，冒險犯難，猶不見諒於部曹，終以館事諸多掣肘而去職，乃阨於人事也。史家梁敬錞先生序先生「使韓回憶錄」謂在大溪秘檔中發現先生一九四四年上先總統之「與中蘇共鬪爭之實施計畫」說帖。說帖中主張「對蘇採外交攻勢；楔入蘇聯與中共之間，造出其矛盾，更從中分化之。」梁先生謂：「此議在當時正合蘇聯之需要。史大林亦確有請蔣先總統赴蘇之措施。……嚮使一九四四年邵先生此策已切實推行，則一九四五年雅爾達會議必無代賣中國權益之事。東西歷史勢將重寫。」此重要策略之不獲實施，境爲之也。大陸失陷，政府遷臺以後，先生復有東南亞反共聯盟之策略，以非律賓不願開罪中共而未實現。在鎭海會議時，先生隨先總統策劃太平洋公約聯盟，以美國無意促成，李承晚亦有顧慮而無成議。至於韓戰時先生取圍魏救趙之策，屢次建議我國出兵參戰，並在中國大陸開闢第二戰場。雖經先總統之採納，與麥帥之主張，終以英國掣肘，美國不欲戰事擴大，亦不願於韓戰求勝，李承晚亦有所顧慮，而未實現。此非人謀之不臧，乃國際形勢阻之也。吾故曰有其才而能自用，又得其遇，如不適其境，則其才亦不能盡其用也。雖然，先生有大才而未盡其用，此豈先生個人之損失，實乃我國家與國際反共大局之損失也。惜哉！

張曉峯先生之立德立功與立言

曉峯先生不幸以久病謝世。噩耗驚傳，薄海同悲。昔左氏傳述叔孫豹言，以立德、立功、立言爲三不朽。曉峯先生以余六十餘年之相知，於此三者，實俱有之。以立德而論，曉峯先生爲一希聖希賢之人。其修養之造詣，聖固不敢言，賢則庶幾。其人持躬廉潔儉樸。治學治事，精進不懈。擇善固執，當仁不讓。蘄求理想，奮勇無前。嚴於律己，寬以待人。熱愛國家，効忠領袖。樂育青年，澤及士類。嚮往於精神價值，淡泊於物質享受。敬天愛人，安心立命。其人實爲一品德完備，內行無虧，服膺儒學，實踐儒行，當代少有之君子儒也。以立功而論。曉峯先生致力教育文化，以「承東西之道德，秉中外之精華」爲目標。程功至偉。其在教育部長任內，本此目標，在行政方面有非常之建樹。舉其大者，如創建南海學園諸文教機構；如以政治大學爲始，逐漸恢復國立大學；如始創原子研究所，興建原子爐；如試行初中學生免試入學，爲九年國民教育張本；如恢復大學聯考，使優秀青年得入學深造之公平機會，凡此功業，當初創立時，不免受好大喜功之譏評，而曉峯先生排除萬難，勇往直前，盤根錯節，終於一一觀成。對於國家文化、經濟，甚至國防建設，大有裨助。其在教育行政方面，可謂已建非常之功矣。至於其個人自創事業，則首推中國文化大學。此大學乃由無生有，由其獨力手創而成。初則篳路藍縷，以啓山林。終則廣厦萬間，美奐美輪。校中所設院系與研究機構，無一不備。其中在人文及社會科學乃至藝術體育方面，網羅第一流學者任教，爲其他院校所少有。學生成材數萬人，遍布全球，且多爲愛國志士。此種功業，在我國私人興學歷史上，爲空前所未有。以立言而論，曉峯先生爲一精勤之史地學者，以科學方法治史地。在大學肄業時期，已有著述發表。其後學問益進，著作益多，已有數百萬言。除專著外，並主持編纂各種史地及語文叢書與辭典，以及國父與先總統全集，以千萬言計。近二十餘年來，復發憤撰作「中華五千年史」。良以當代史家多事史料採集考訂與史學論評，而從事編修史書者甚少。其從事中國通史撰作者尤尠。故曉峯先生發憤有「中華五千年史」之作。其意在效法史遷「明天人之際，通古今之變，成一家之言。」力大願弘，已成自上古史迄西漢部分，共刋九鉅册。雖全書未能完成，但已爲空前鉅製。曉峯先生立言之廣，實邁越前賢也。綜觀以上所述，曉峯先生立德、立功、立言之成就，在不知者或疑余言延譽過實，不免附好之私。其實具體事跡，斑斑可考。此乃出於客觀之公評，非個人主觀之夸詞。若干年後，吾輩或將「身與名俱滅」，而曉峯先生之道德事功與文章，將永垂而不朽。後之人可以余言爲左劵也。

重印志頤堂詩文集序

「志頤堂詩文集」吾邑沙太史健庵先生之遺作也。自大陸再遭秦火，舊籍多蕩然無存。惟間有流傳海外者。余來香島後輒於暇時訪書肆，冀有所得。一日見志頤堂詩文集突呈於目，喜不自勝，亟購回什襲藏之。繼思先生之遺作幸免於劫火，如私藏於海外，非計之得，因以歸先生及門宗先生敬之於臺員，冀能重印以廣流傳。鄉人士在臺者議付影印，以余有搜訪原集之雅，問序於余。余生也晚，又去鄉日久，於先生之道德與文章，未能窺其萬一，何敢妄贊一辭？惟重違諸君子之雅命，乃作而言曰：嗚呼，此劫火之燼餘而鄉邦文獻之菁華也。憶先生在日，即以蒐集闡揚鄉邦文獻自任。吉光片羽，攷訂無遺。如皐自設縣以來二千年之人文沿革，粲然俱備。先生每以所藏示鄉後學，而鄉後學敬恭桑梓之心，油然而生焉。自先生捐館舍，鄉邦多故，所藏漸散佚。大陸變色以後，更澌滅無餘矣。玆其遺集幸存，所爲傳記碑銘諸作凡邑人忠義節烈之行，以及庸言庸行之謹，多所表彰，而鄉賢之詩文遺集，亦多所題記。一邦之文獻賴此集而存其梗槩。余小子於喪亂之餘，有此意外之獲，以傳先生垂世不朽之作，而緜延一邑之文獻，何其幸也?抑有進者，先生之德澤被於吾邑者至厚且長。凡邑中有井水飲處，無不知沙先生者。清末興學，先生實爲首倡。一身領導士林數十年。吾邑學風之淳樸，人才之輩出，先生實啓之。而救災歉、邺貧困、除強暴、撫孤幼，凡有益民生之事，無不力爲倡導。凡來主縣政者，於先生無不敬仰。邑有大事，均以咨先生。故邑人之福利，賴以保全者尤不勝書。凡此皆可於遺集中窺其大概也。以先生之掇巍科，入詞林，宜可有爲於一國。以先生之膺省選，主議席，宜可有爲於一省。而皆翛然置之，浩然賦歸。歸而施惠於一鄉。宜乎鄉人士於喪亂流離之餘，在數千里外得復見其遺集，不勝唏噓太息有感於大德遺愛之難忘矣。至於先生之詩文，氣魄雄厚，邁越秦漢。凡能詩文者均能於斯集中熟玩而深識之，非淺陋如余者所能盡述。抑余童年肄業鄉校時，先生詩文一有新作，輒傳誦於校內。當時余喜讀諸篇如「黃髯翁傳」，如「自鬻兒歌行」如「李大椿許德溥傳」等，數十年後復展其遺集，均躍然入目。讀之猶琅琅上口。而童年涵泳先進詩文之況味，彷彿如昨日也。余先君曾於鄉校受業於先生。迨余入學，先生已退休，未能親炙。而余所受業諸師如項子清先生，劉企蘇先生，宗敬之先生，皆其高第弟子。故余於先生論世誼爲再晚；論學誼爲再傳。誠末學小生矣。惟猶及受知於先生。往者先生六十，鄉人稱觴。余在南雍賦詩爲壽。後一年謁先生於里第。余詩獨張之書齋。非余詩之足取，乃先生之樂於獎掖後進也。今於海外誦公遺篇，俯仰今昔，誠不勝感慨係之矣。同鄉諸君子追懷大德，珍惜遺篇，策羣力使影印本問世。鄉之人讀此集者如受先生詩文之感召，益增其敬恭桑梓之心，而誓志戮力共遂復國還鄉之大願，則諸君子重印此集之功尤爲可紀，而先生不朽之作，永垂範於後學，猶其餘事已。是爲序。

世界李氏宗譜第二輯序

我國宗族之有譜牒，由來久矣。遠古之事，悠渺難稽。記載可考者爲周始有譜，歷兩漢而著錄漸多。自魏晉以門第相尙，宗譜之作，乃至隋唐而臻盛。觀於兩代經籍志所載譜目之繁賾可知也。惟兩代譜牒之作，徒以耀官閥，矜品第，絕少傳於今者。譜牒之成學，殆奠基於宋歐陽氏、蘇氏、與曾氏。體例既定，信譜可徵。自後歷代作者守其椝矱踵事增華，遂致故家大族無不有宗譜。譜列世系，上溯遠古，下及當代。千支萬派，無不秩然羅列。同姓之人但依宗譜而沿流溯源，卽可各明其世次與輩分。雖途人亦可成叔伯兄弟一家之親。其有裨於敬宗收族明類推仁者爲何如也？抑有進者，人有恆言，家之有譜，猶省縣之有志，國之有史也。夫集家族而成省縣，集省縣而成國，而國之本則在家。必家譜與方志之備也，而後國史始有所資據。我國譜牒與方志有裨國史之作爲並世列國所不逮。現各國史家亦多步吾後塵致力譜牒與方志之撰修與研究矣。我之特長允宜發揚光大。此宗譜之價值由於史學觀點而增重也。方今社會學者與優生學者分析社會演變現象及人類遺傳，又多藉助於家乘族譜。凡人口之增殖，氏族之遷徙，階級之嬗變，與夫智愚賢不肖之資稟，多於家譜求其實例，設爲定律，而譜牒之有裨於社會、人文、優生諸學，又以國內外學者之研究而益明矣。社會演變人多播遷，卽在國內一地之同姓，已多不再聚居於一村一邑。至於外地僑寄，尤少聚族而居者。爲求宗族團結乃超越居所而溯血緣。於是各地宗親會之組織遂應運而生矣。凡此組織，崇本厚始，聲應氣求，其裨益於敦睦任卹者不可僂指數。而在海外僑團及自大陸先後移居臺灣各宗族爲尤然。惟敍宗親溯本源，必賴於譜牒。否則昭穆不明，世系不辨，將不免或誤塗人爲至親，或數典而忘祖。宗譜在海內外之受重視，此爲又一因也。國大代表蘇北鄉彥李鴻儒通甫先生，怵目世運之艱屯，有感於宗譜之重要。慨然倡修「世界李氏宗譜」，已成第一輯風行寰宇。現第二輯又將殺青。乃不遺葑菲，徵序及於下走。余拜誦第一輯，深佩其規模之遠大與蒐羅之周詳，非力大願弘如李代表者不能致也。玆第二輯之體例亦稱是。余亦有感於譜牒在今日團結宗族與裨益學術之重要性，已於上文發其凡矣。玆更就世界李氏宗譜之特色，抒其所見。李氏爲我國最大族望之一，雖童蒙讀百家姓者亦能言之。昔歐陽修爲譜學開宗，而宋代李氏族譜卽始作於歐公。文文山跋歐公所爲李氏譜謂爲「世代源流記載釐然，他族求如此精核，十無二三。」范文正作序，亦許爲信譜。今雖未獲見原譜惟廬陵原序猶存。序中述李氏自遠祖開基迄於隴西著望。更由火德公以後遷閩遷粤綿綿繩繩，以至於宋，猶存李氏世系之脈絡。今世界李氏宗譜溯源沿流，傳信傳疑，亦大率因之。體例遵乎前修，鎔裁合於榘範。所謂取法乎上，其特色一也。其次，本譜有異於他氏宗譜者則爲所著錄種姓之蕃盛。唐時李白已有「我李百萬葉，柯條遍中州」之句。今則李氏已遍於全球矣。且不僅漢族李氏歸於著錄也。其非漢族而改姓李氏，或於唐時以立功賜國姓者，亦實繁有徒。至於唐室，原有源出西涼之說。準是則李氏種姓實融攝他族他姓而光大，而其譜牒則不限於一姓之計簿。昔國父孫先生有擴大家族主義爲國族主義之崇高理想。李氏實已開融攝他族之先例，爲國族主義導其先路。而李代表修李氏譜，擴大爲世界李氏宗譜。其目光與構想，更超乎一家一族一國而及於全球，恢恢乎有天下一家之思，更屬難能而可貴矣。本譜之特色，此其二也。余於譜學非所素習。惟以感於譜牒之重要與本譜之特色，遂不揣冒昧而爲斯序。幸高明進而教之。

中華民國六十七年初夏如皋吳俊升拜序於香港

江蘇旅台外人士資料彙編序

近數百年來，吾蘇人文之盛，甲於全國。自神州變色，吾蘇人士隨政府播遷台員者，或戮力國事，或從事文教，或創辦工商百業，多卓然有成。自國家元首，政府樞要至社會中堅，乃至基層幹部，皆有吾蘇人任之。其所貢獻表現於政績軍功、文治、經濟與社會福祉者，昭昭在人耳目。其散布海外人士亦多從事學術教育與科技專業，均著成績。且有享國際學術殊譽者。在僑居國家寖成少數民族之翹楚。此皆緣吾蘇文化傳統之所厚積，與夫山川靈淑之所鍾毓，有以致之，非偶然也。惟吾蘇人之發名成業，多由於自立自強，而少出於同鄉之援引。良以蘇人向少同鄉區域觀念。「其所憑依，其所自爲。」至於舉賢與用人，惟問才德不問省籍。若瞻徇鄉誼，拔茅連茹，吾蘇人不爲也。惟此廓然大度雖有足多者，但遠離鄉關，僑居異郡，舉目有河山之異。如人各自爲，則緩急既少助，而五方雜處，一省文獻，如無人爲之徵存，更將凋零殆盡，使人人孤立忘本，無復鄉邦故國之思。則其對於個人及一省之損害，爲何如也？吾蘇旅台父老兄弟，有鑒於此，乃組織旅台同鄉會以聯鄉誼。復憂鄉邦文獻之凋零，每月舉行文獻座談。以座談結果發刋文獻月刋。又另組文獻資料社搜集鄉邦文獻，歷時凡二十年。所得悉以交中央圖書館闢專室庋藏供眾流覽。凡此增鄉誼存文獻之壯舉，皆由吾鄉父老兄弟羣策羣力而爲之。而吾蘇國民大會代表李鴻儒通甫先生出力爲尤多。二十餘年來念茲在茲，鍥而不舍：通甫先生如此惓懷鄉邦，誠有心人也。彼既本敬宗收族之誼，先創刋世界李氏宗譜，前後共出三輯，蜚聲國際。現更充類至盡，由一姓一族而推及全省，乃爲吾蘇省志作資料之準備矣。緣先生既多年搜訪吾蘇文獻資料，庋藏中央圖書館，復憾於資料零星陸續貯存，漫無部居，又限在一館，不能廣流傳，乃發願將所存資料及陸續搜集者取其精華，編爲江蘇旅台外人士資料彙編。倣方志通史體例進行，設一編纂委員會總其成。參與其事者均係本省碩彥，文史專家。其第一輯卽將問世。通甫先生不遠萬里，寓書徵序及余。余以吾蘇德高望重位尊而能文者多矣，余何人也，德薄望淺位卑而無文，何敢序此鉅編？初則猶豫不敢應命。繼思玆編所錄人與事，兼及海外。通甫先生或以余息居海外，宜隨在台諸鄉彥之後敍陳玆編緣起，以備一格，因而不敢固辭，遂拜手覆按玆編緣起與目錄大綱，而以爲玆編乃增鄉誼存文獻不朽之作，且其影響不僅囿於一省而已也！茲編不僅爲吾蘇一省省志或通史供寶貴之資料，且將爲國史資料淵源。良以省志爲國史之基礎。省志資料備，國史始有所據。吾旅台及旅外各省人士，如俱能各集其鄉邦文獻資料而刊行之，將爲將來修國史者所取資。各省人士除吾蘇外，以余所知，如浙江四川等省，均正徵存其本省文獻。吾蘇人士今登高一呼，以嚶鳴求其友聲，使其他各省人士均羣起各存其本省文獻並予刊布，以供採擇，則有裨於國史之修訂者大矣。然則通甫先生昔所從事於一姓一族而今及於一省者，其影響將更及於全國。自族譜而至省志；自省志而至國史，循序而進，則通甫先生與同鄉諸君子數十年博採周諮，保存文獻以供史料之大功，更爲不朽矣。江蘇旅台外人士資料彙編之問世，僅其嚆矢而已。是爲序。

中華民國七十三年九月一日如臯吳俊升拜序於美西洛杉磯太平洋之濱

新亞書院四十八年度畢業同學錄序言

本校四十八年度畢業同學編輯畢業紀念册既成，請書數言以弁其首。余所朂望於畢業同學者，已於舉行畢業典禮時概畧言之矣。玆更就紀念册之刋印，畧抒所感，以諗諸同學。紀念册何爲而有也？所以誌在校數年切磋琢磨之功，藏修息游之迹，以備省覽垂永久也。諸君在校多則四載，少亦二易寒暑。適當母校由艱難締造而奠立基礎而恢宏規模以進於大學之林之時。其間失敗與成功艱苦與歡忻之境，豈堪勝計？紀念册但能狀其一二，卽可爲諸君將來立身處世之借鏡。世人多重新亞，非以新亞爲講肆，師生口耳授受交易而退也。乃以新亞爲砥礪德行鑄範人格之學府，非一般學校所可及也。諸君畢業以後不難隨時隨地求智能之增進。所難得者，惟此師生以道義相尙，不計功利，不論小我得失，惟以守先待後自任之境界。此紀念册之內容，乃此境界之縮影。諸君不時披閱，彷彿置身其間，重溫數年燈火鷄聲之樂，更勵慕義彊仁之功，則諸君之形軀雖離母校，諸君之精神猶繫於此，母校之師友，固時時與諸君同在也。紀念册之足貴，其在斯乎?·是爲序。

中華民國四十九年秋月序於新亞書院

海外留鴻序

三十五年前學友張君淵揚以近作「海外留鴻」文集稿見示。以余有夙知之雅，囑弁一言。淵揚初刊「紐約來鴻」，問世未久，國人旅美愛好文學者，幾於人手一篇。原集多爲裨益世道人心之作品，所以導致僑胞愛戀祖國，激發青年志氣，兼強化其向心力者，收效至宏，固久已膾炙人口矣。玆者續集「海外留鴻」又將印行。昔日來鴻，今爲留鴻。鴻飛冥冥而不忘故土，雪泥爪痕，斑斑入目，令海外離人增身世之感。玆篇所集，大體仍係其近年旅美爲「華美日報」專欄所作之特寫。內容憂時、憂國、憂家，一片眞誠純摯，極爲動人。而文筆之清新流暢，引人入勝，不稍流入輕佻庸俗之途，又深合散文小品之規範。海外居者獲此佳作，無異空谷足音。循環翻閱，彌足珍視。抑余所重者不惟其文，兼及其人。余初識淵揚於其負笈東大附中時，已見其好學不倦，頭角峥嶸。其後彼從事地方行政，長余鄉邦，有爲有猷。余以忝一日之長，有時返鄉，雖在治下，而淵揚執禮如往日。而治績懋著，余與有榮焉。其後任職中央政校，主持南通學院與中央民教館，無不篤實踐履，有所建樹。抗戰後期冒險回淪陷區工作，不辱使命。勝利後來美遊學，終以大局突變而長滯美洲，杳無歸期，忽忽已逾十年矣。余惟淵揚於哥倫比亞師範學院卒業後一度經營農業不得手，再返紐約服務於聯合國祕書處，宜可少安。但彼不欲獨善其身。經常於公餘之暇，爲華文報紙義務寫稿。近年來又利用週末廣設班次，助友人子女學習中文。其熱心文教之宏願與毅力，不殊當年之從政辦學。而在此時此地，立己立人，獨闢新徑，時無虛度，學不自私，尤屬難能可貴矣。淵揚所爲文，皆其眞誠人格之自然表露，每具有教育性與親切感，非率爾操觚者可比。至若干篇內泛及國際國內政治、社會風教、以及科學遊藝各方面，雖所見仁智，容有不同，但其出於愛國愛羣，本之有諸己而後求諸人之悃誠則一。更有進者，國人久居海外，甚少可以披覽之本國文著作。而在此誕生之新一代，又漸有忘卻本國道德文化之趨勢。今竟有人焉奔走皇皇，不憚無功之勞，不吝無酬之作，源源供給僑居斯邦者以文字優美淑世勵行之讀物，其在海外維護中國文化之功，尤不可沒也。原稿閱竣，不盡忻佩之感，爰樂爲之序。

中華民國四十九年元月序於紐約

庚年酬唱集小序

歲次庚寅、庚子、庚戌，爲余五十、六十、七十初度之年。猥以行能無似，又遭時多艱，每逢賤辰，俱未稱觴。惟作詩述志，以諗大雅。承先生長者同輩朋好不棄葑菲，寵錫嘉言。前後二十年，瑤章鴻詞，燦然盈篋。去歲七十，所獲益多。現世變日亟，散佚堪虞。爰檢三次酬唱諸作，略仿鄉先輩巢民先生同人集例，編爲庚年酬唱集，付諸剞刻，以垂久遠。余拜誦諸公和作，雖奬譽逾格，愧不敢當，顧亦多策勵之言。玆彙印成集，可以朝夕觀摩，拜嘉昌言，則有造於個人者實多。至於公諸同好，扢揚風雅，猶其餘事已。三年酬唱諸作中有一和再和者，亦有作者謝世竟成遺作者。玆復誦舊什，低徊往迹，又不竟感慨係之。但願健存同人，共樂康強，同登壽域。則今後每逢庚年，輒賡酬唱。豈惟雅人之深致，抑亦詩林之盛事也。謹拜手以此集爲酬和諸公壽。

中華民國建國六十年冬月如皐吳俊升序於香港

庚年酬唱續集小序

余以辛丑年誕生。每歲序逢庚，行年輒累增一秩。今歲逢庚申，八十之年，忽然已屆矣。惜昔庚寅、庚子、庚戌，逢五十、六十、七十初度，俱以行能無似，又遭時多艱，未嘗稱觴。惟以詩述志，就正於當時先生長者，同輩友好。猥承先後寵錫壽言，殊增光寵。曾於建國六十年冬彙編爲「庚年酬唱集」問世，以誌隆情，並爲賜言諸公壽。猶憶是集序言曾期以每逢庚年，輒賡酬唱。當年作此言，自忖未免奢望。蓋七十之年，已屬稀慶。由戌年而望申，由申而望午，由午而更望辰，其望固奢，其欲亦何其貪也？惟前言猶昨，而庚申之年倏屆。雖星移物換而人猶健在。徼天之幸，私慰何如？當兹生辰，余去國益遠，生事愈艱，不敢稱壽，一如往昔。惟踐前言作庚申生朝感懷詩八首，以諗大雅，並望雪和。迴溯三次庚年酬唱諸公共三十六人。其中師友十三位，已先後作古矣。撫今思昔，感悼無已。惟大可稱幸者，過去酬唱三十六人中，多數仍俱健在。耆年碩望，壽域同登，可稱異數。此余於感舊傷逝之餘而又不勝忭慰者也。健在諸公雖以事牽，未能悉賡唱酬，但多數仍寵錫佳章。其中有歷時二三十年，一和再和或三和拙作者。厚情雅意，銘感曷極！而庚申年新賜壽言之長者友好，復踰二十之數。瑤章鴻詞，美不勝收。踵事增華，愈隆榮寵。猥以葑非，何幸而得此？爰仿往例，以庚申酬唱諸作彙編爲「庚年酬唱續集」。仍付剞刻，以誌拜嘉，且爲歷次酬唱諸公壽。並祝以後每逢庚年，人各健在，而仍賡酬唱之非奢望也。是爲序。

中華民國六十九年冬月如皋吳俊升序於美國洛杉磯寄廬

冒巢民先生同人集觀後記

吾邑如皋僻居蘇北而著名海內。鄉賢胡安定公爲理學開宗，事已邈遠。惟冒巢民與董小宛名士美人之令聞艷事，傳流甚廣，爲吾邑獲知名之主因。余早年肄業鄉校時，水繪園僅存廢址。風流韻事，早付蔓艸荒烟。低徊往迹，徒增懷古之幽情而已。比年以來，好事者以冒董故事爲影劇。娛眾有餘而文獻不足。雖承見諮，余亦無以益之也。去歲杪，王君去瑕忽枉駕見訪，出示巢民先生所編同人集。謂得之此間書肆。而得書之由，頗爲曲折。緣王君於書肆獲見此集，以刦火之餘，風雅猶存，頗有意收購。適有無錫薛君少宣同在書肆，亦有意購存此集。但均未有定議。閱若干日，王君意不忍釋，又往書肆，而薛君適亦在議購此集。王君未忍奪人之所好，遂舍去。未閱多日，薛君感於王君之誠意與讓德，竟購此書以贈。王喜不自勝，拜而受之。以余爲巢民同邑後學，遂携此集，令共賞忻，並書其後。余深佩王君之愛慕風雅與薛君之割愛相贈，均有古人之風誼，爲叔世所少有。而此集盤根錯節，終歸王君，豈名士美人於冥冥中有以呵護促成之耶？余觀同人集巢民先生與並世諸名士酬和之作，不僅詩酒風流，永垂佳話，而先生義不帝秦之高風亮節，與夫尚友睦族䘏鄰之行誼，固儼然儒者氣象。惜乎其爲才名所掩也。余於數百年後讀其書，想見其爲人，誼當表而出之，使後之人毋震於名士名姬名園而忘先生之大節懿行焉。

古人論文大義續編序

古藤黃二明先生出示所集「古人論文大義續編」，囑爲之序。余不文，何敢當？惟二明先生堅其請曰：「君非以文名者也。但曩閱所爲「江皐集」，其中散文諸篇，與余論古文義法多相合者。且君與余初年專習教育同，其耽好文學亦同。迨後君事教育而余則轉致力於文學，而君亦以餘力偶然屬文自娛。其間關於文章之甘苦得失，以所歷相同，故所感亦有同然者。觀於君作可知也。且余在新亞書院主講中國文學有年，其所以啓示後學者，亦爲君所素悉。玆所集「論文大義」，瞬將問世。序其緣起，匪異人任。其毋辭。」二明先生所言，詞懇而意厚。何敢再以不文辭？先生文宗桐城，爲兩粵名家。先後主講復旦大學、珠海書院、新亞書院，成就人才甚眾。古文餘緒，不絕如縷，先生實與有繼絕起廢之功。而新亞書院以中國文學著微名，亦以先生奠其始基焉。先生於獎掖後學而外並致力鄉邦文獻之蒐集考訂。八桂詩文名家之遺篇，搜羅殆遍。手抄影印，繼以考訂編次。用力之勤，非後進所能望其項背。現積稿百數十萬言待刋，而粵省文獻並在搜集編次之中，將有專集問世。此兩鉅著將爲兩粵文學發幽光、振宗風，可斷言也。先生並精研「離騷」，有「離騷四釋」稿，發前人所未發。惟先生尤所加意者爲古文義法之闡明與垂範。於古文家派中尤推重桐城。蓋中國文章體例之演變至於桐城，其樸實說理狀事，汰盡僻典麗言，而行文遣詞，復婀娜多態，不流於枯澁板滯。實文章之極致。胡適之先生初倡文學革命時所標擧之八不主義，實多與桐城義法相合。而矯激者反以文學謬種詆桐城。一倡百和，習非勝是。中國文學乃失其規範。後學乃茫然無所適從。至可慨也。二明先生有鑒於此，乃以唐蔚芝先生「古人論文大義」教諸生。以原書僅得前編，繼又自爲續編以足成之。續編體例一仿前編。其要旨在以自歸震川至賀松坡諸古文家論文學諸篇，提示後學，俾於簡練揣摩中，嫻習桐城義法，而獲屬文之規範。此示範教學之方法，裨益於後學者實多。抑有進者，今之大學效法西方學府，多設有文學批評一課。而中國文學批評則多取材於「文心雕龍」。「文心」一書誠屬古典佳製。惟所衡論，僅限於南朝梁代以前。且陳義高玄，初學難於索解。各校講解少有竟全書者。而蔚芝先生「古人論文大義」及二明先生之續編，包羅自韓退之起迄清末諸家有關文學評論之論文。言非一家，時歷數朝，可以補「文心雕龍」之不足。而其闡明義法，評隲得失，深切著明，若指諸掌。視文心更利便於初學。實文學批評一課最理想之教材。唐蔚芝先生開其風氣而二明先生繼武前賢，完成續編。先後輝映，相得益彰。其津逮後學扶衰起廢之功，誠可媲美前修矣。余樂觀續編之完成，爰不辭譾陋為序二明先生繼絕學勉來茲之孤詣。或有當於萬一乎？

中華民國五十八年春月如皋吳俊升拜手序於香港九龍新亞書院

序鮑少游翁詩詞集

嶺南畫家輩出，以嶺南名派者有兩高先生及其弟子，早已蜚聲全國。老畫師鮑少游先生與嶺南派爲友而超然派外，自成一大家。嶺南派與鮑翁均受日本畫之影響。但鮑翁保有古典作風，不離中國畫之正宗。余於其數次畫展觀其山水人物諸作，狀實與寫意，並臻絕詣，不勝其歆羡。而翁溫文謙虛之雅範，與夫老而彌篤之精神，更爲藝壇上之魯殿靈光，非尋常畫家所可企及也。抑鮑翁非僅以畫名者也。昔人稱輞川畫中有詩，詩中有畫。後之作者，或以詩題畫，或以詩爲畫題。詩與畫乃竝二美而不可分。余觀翁所爲「長恨歌畫册」，歌中每一雋句，成畫一幅。寫景傳情，栩栩欲生。使白傅千古不朽之詩意，躍然紙上，得未曾有。余於以知鮑翁非惟爲丹青老手，且必於詩歌有高詣。既而觀其題畫諸詩，復能以詩情表畫意，臻於雙絕。乃知余推論之匪謬，而益增其欽敬之心矣。翁以逾大耋之年，不特寢饋於畫與詩，近復耽好填詞。所塡諸詞除題畫而外，與其所作詩篇同。有記游與懷舊諸作。積詩詞成帙，將付之印行，名曰「鮑少游詩詞集」而問序及於下走。余於詩詞所知淺尠，何敢敍翁之大集？惟竊慕風雅，時切揄揚。又於翁之深於藝與道爲素所欽慕，故忘其譾陋而爲之序，以就正於大雅云爾。

嘉柏樓詩詞集序

南海黎晉偉君名記者而雄於文者也。屢主有名報紙筆政。所爲文字倡導正義針砭末俗，而筆鋒犀利，氣勢昂揚，足以立懦而廉頑。中華學術院贈以名譽學位，祖國僑委會頒以海光獎章，皆所以崇獎其成就。匪偶然而致也。黎君前旣集其報端評論，刋爲「國事諍言。」風行一時，讀者刮目。頃又自選所爲詩詞成「嘉柏樓詩詞集」一種，問序於予。予於詩僅稍窺門徑，詞則非所素習。何敢應君之請？惟平日在報章讀黎君陸續發表之詩詞，覺皆言之有物，非率爾操觚，輙生欽慕之意。玆承黎君問序，復展誦諸作，益覺君所爲詩詞皆深具愛國情操。其忠義奮發之情，蓄於中而形諸外，遂益見其激昂慷慨，悲壯蒼涼，非尋常之筆墨可比。在詩林詞壇之中，君殆可追踪陸放翁、辛稼軒，爲詩詞樹一別格。至於求聲律之細密，詞藻之華麗，此則詩詞形式之末節，非君所措意。但所作亦大體無背於前人之矩矱。而抒情、狀事、用字、遣詞，則自在流行，不具斧鑿痕跡，爲足多也。現當叔世，一切文藝多趨於卑下衰靡。欲求一創作能使頑夫廉懦夫有立志者，不可多得。今黎君此集續國風之雅音，振大漢之天聲，將於世道有所裨益。余有感於是，遂忘其譾陋而爲之序。

稼秋遺稿序

余於四年前始識吾宗稼秋於香港詩壇。初覿面卽佩其人謹厚肫摯，有長者風。其後詩文之會常相邂逅，益稔其行誼。稼秋始課讀於桑梓，繼則掌教於海外。所至多所造就。返國以後于役軍旅。掌度支，司運輸，有裨對日抗戰。勝利復員並蒙元戎特達之知，令返粵視軍務，未辱使命。大陸淪胥，遂違難香澥。平日以詩文自遣。稼秋在國內時卽已有詩集行世。首爲「蒹葭集」繼爲「拾零詩草」，已傳誦一時。自加盟香港詩壇以來，未嘗輕以此示人。偶有吟咏，亦少留稿。嘗主編文壇雜誌有年，多刊他人詩篇，少收己作。蓋謙抑爲懷，自視若不足，而視人之有若己有也。去歲稼秋捐館舍。詩壇同人哭之哀而不忍死稼秋，遂思傳其詩文。由郭亦園先生編次其遺稿，將以問世而問序於余。余獲交稼秋甚晚，又於詩詞均未窺堂奧，曷敢言序？惟以忝在同宗，異地相親，素承青睞，誼無可辭。遂爲弁數言。昔人言詩多重溫厚之旨。吾於稼秋首感其人之溫厚。繼讀其詩乃溫厚如其人。詩與人相合契，遂深佩其修詞立其誠，非尋常詩家率爾操觚者所可比也。同人爲刊「稼秋遺著」，出其遺篋，始赫然見其蒹葭與拾零兩集。此皆稼秋不輕示人之作。余披誦之餘，深覺其於詩造詣甚高。古今體諸篇均淸雅絕俗。而稼秋顧不以自足，有若無，實若虛，謙謙有君子之度，其詩德尤高不可及矣。至其所爲文亦樸實如其詩，如其人，可以並傳。烏乎！稼秋往矣。落月屋梁，祇增後死之悲。今讀其詩文猶彷彿謦欬之可親。但願其遺著所傳者非僅其詩與文，其爲人之高風雅度，倘亦共垂不朽乎？是爲序。

懷冰室詩文續集序

粵友懷冰王韶生教授將刊行懷冰室詩文續集。萬里寓書，囑序其集。余奉書且感且愧。感者以懷冰採及葑菲，殊增光寵。愧者以余之淺陋無文，實不足以序懷冰之大作。惟以余與懷冰多年共事論文之雅，既承雅命，誼不可辭。爰述與懷冰文字論交之經過，及對於懷冰詩文欽佩之悃誠，以弁其篇。余識懷冰始於香港中文大學共事之時。其時懷冰掌教崇基學院中國文學系。余則承乏新亞書院校務。雖同在大學，但甚少過從。會余於民國五十五年彙錄所作詩古文辭，刊行「江皋集」而得懷冰之謬賞。遂獲納交。余於文學非所專習。對於詩文僅略窺門徑。本不敢刊行專集。惟怵於文敝道喪，而在華洋雜處貨利爭逐之香港爲尤甚。故不自揣，以拙作爲倡。希繼起有人。可以振衰起敝。書出之後，在港之文學名家，以爲空谷跫音，頗多響應。其中若曾克耑、夏書枚、黃華表、潘重規諸先生，俱曾謬加推許。非以余詩文之足取，實許一文壇偏裨負弩前驅之勇耳。然對拙作最加賞忻者，尤推懷冰。懷冰曾在星島日報發刋「讀江皐集」一文。對於拙作謬加贊譽。以爲合於古文義法，並上比漢唐宋明及勝清諸大家。讀之頗覺揄揚逾情，殊爲愧汗。余與懷冰自中文大學先後退休。又在新亞研究所及珠海文史研究所共事有時。並同任中國文學課程。對於中國傳統文學之尊重，以及古文義法之講究，所見多同，愈增投契。有時被推共撰典重文字，相與草創與潤色成篇，如出一手。苔岑同味，有如此者。數年前余自新亞研究所退休。懷冰復爲文贈行。余在研究所所遺古文選讀與創作一課，由懷冰繼任。且以拙作爲部分課文。如此逾格推重，實爲惟一文章知己矣。玆當懷冰詩文續集問世，問序於余，同聲相應，同氣相求，余又何能已於言邪?懷冰專攻文學，寢饋於斯者凡數十年。既在南北大學早受名師之啟迪，繼又周歷海內外，與當世文人學士遊。故早年所爲詩文，已膾炙人口。及來香港，任教大學。集所爲詩文，爲「懷冰室詩文集」問世。大雅播傳，如鳳鳴高岡，聲遠益清。臺灣沈雲龍史家彙編「近代史料第二輯」，將此集收入，與以往諸名家詩文集並刋。時賢入選者惟懷冰一人，可稱異數。亦可見懷冰之詩文如何見重於當世也。懷冰之文，載道淑世，有物有序。雖未自標宗派，實淵源於桐城而又不自囿於方姚榘範。其行文遺詞，固多轉折頓挫之韻味，然亦時具峻拔雄奇之氣勢。昔曾湘鄉思矯桐城末流空疏纖弱之失，而濟之以剛健雄直，使文章兼具陰陽剛柔之美。懷冰之文，庶幾近之矣。懷冰之詩備各體風格，不以唐宋自限。凡抒情、狀物、敍事、寫景，各隨所適。不多用事，亦不重藻飾。簡淨淡遠，不尙奇險。實不遠溫柔敦厚之旨。余與懷冰平常切磋文學，多措意於文而少及於詩。余於詩所知亦尠，故僅能淺測，未可深論也。近年以來，懷冰所作詩文益多，將以續集問世。余拜讀續集各篇，其風格一如前集。而清冽穩鍊，益駸駸入古，追蹤前修矣。欽贊之餘，謹述與懷冰相知之經過，及對其詩文之體認，以弁續集之端，以諗當世。抑猶有進者，今日中國文敝極矣。大陸「文化革命」刼後，斯文元氣難復。香港爲一商埠。有一大學以中文爲名，而未能對中文適度重視。此均不足論。惟在中華民國政府所在地之臺灣，方致力恢復中國文化，亦於中國文學未予應有之尊重。舉例言之。國家最高研究機構各科研究，大致具備。獨無中國文學。世界各國之最高學術院會之設立，最初彷彿如中國之翰苑，多以其本國文學爲首要科目。而中國國立研究院，自始卽忽視中國文學，實爲學術之偏枯。至於各大學，雖各設中國文學系科，而學子選擇學科，多趨重科技。中國文學，寖成冷門。在文學系科之課目中，傳統中國文學亦漸失重心，而語體文學日益增重。出版界以時尙所趨，利潤所關，於文學作品之刋行，亦多重語體。語體散文、戲劇、小說與詩篇，聯編累册，日有問世。而老師名宿之傳統文學名篇，往往難得一出版之處所。在昔出書必付剞刻。今則活字排印，手續雖便而費用反多。作家多無力自印。昔時尚不乏右文而多金之風雅之士，肯出貲為名家刻印詩文專集。今則無其人矣。傳統文學名作不能出版問世，又無名山可藏，更無其人可傳。惟有任其散佚湮沒。實中國文化資財之損失。可勝慨歎！惟丁此文敝道喪出版艱難之會，懷冰既前出懷冰室詩文集，經收入叢編而廣流傳，今又獲以續集問世，實為懷冰之幸。尤為中國文學之大幸。倘能因茲集之行世，為中國文學振衰起廢，開一先路，並能引起有心復與中國文化者之注意，對於忽視中國文學之現狀，一為之所，則懷冰之功為不小矣。是為序。

中華民國七十三年如皋吳俊升拜序於北美太平洋之濱

王視學官齊樂著香港中文教育史序

余曾寄跡香港二十餘年。近半時間承乏新亞書院校務，與香港政府教育員司多所接觸。其中頗多謹飭文雅之士貽余深刻印象者。其著者為高詩雅（Crozier）、唐曉露（Donahue）、毛勤（Morgan）諸教育司官，皆出身英國知名大學，富文化修養，對中國文化有認識，並具尊重心。雖秉承其政府之政策處理教育行政，但對在香港為延續並發揚中國文化而艱苦締造之新亞書院，頗多同情維護，使能獨立發展而成為中文大學基礎學院之一。其間經過，余所親歷。至今迴溯，猶令人感念，而諸君則已先後作古矣。教育司署主管專上學校之員司為錢清廉韓慶濂兩博士，與余在國內有舊，於公務上亦多贊助。惟余與中小學行政人員接觸則較少。有之惟視學官王齊樂校長。余始知王君由於王君為書法家，偶於友人處見余所書條幅而謬賞，亦索余書，因而結翰墨因緣。余以是懸知王君雖厠身教育行政事務，亦一風雅士也。迨後王君於業餘復入珠海書院文史研究所隨羅香林元一李璜幼椿兩教授治史學，而以香港中文教育史爲論文專題。余嘗被邀謬主其論文評審與口試，因而親識王君，而上下其議論。其人果然文雅博洽，證余向所懸測者爲不謬也。王校長既以優異通過碩士論文攷試，復不以自限，繼續研究，就其論文加以增訂與潤飾而成專書。書成復不遺在遠，萬里馳書，屬余序其端。此書初稿余既曾寓目，並參加鄙見，此次覆按，益覺內容精審，爲難得之佳作，故略述所見本書之特點，以諗讀者，誼不容辭也。關於香港教育史事，以往雖間有述作，但作有系統之編次與論述成爲專書，此爲首創。本書之特點，此其一也。王君以教育行政官主持香港各夜中學多年。香港教育爲彼所親自參與。以局內人記述局內事，由於其有第一手資料，故所述多詳實而可靠。本書之特點，此其二也。過去及現在香港各師資訓練院校講授香港教育史，均始自英國統治香港而不探本溯源及於中國本土之教育與文化。此固政治之制限使然，但於香港教育之歷史背景不明，則所訓練之師資對於香港教育發展之實際了解，遂不免狹隘膚淺矣。王君治香港教育史獨能高瞻遠矚探其本源而上溯中國本土之文化背景及教育發展，其博洽通達，實屬難能可貴。本書之特點，此其三也。猶有進者：香港離中國而爲治，已百數十年。中國教育史家對於此間教育之經過均存而不論。但此三百九十八方哩之土地，及五百十一萬之人民，終屬吾土吾民。不論國際現勢之發展如何，將來終有重歸祖國之一日。將來撰述中國教育全史者，將以王君此書補其空白。則王君對於中國史學之貢獻爲不小矣。本書之特點，此其四也。本書具此四特點，可稱得未曾有之佳作。余樂於觀其成，故爲此以弁其端。余書至此，頓覺過去二十餘年余在香港所涉之人與事連類而歷歷呈現於目前，更不得不感謝王校長此作能使余重溫香島之舊夢也。是爲序。

辛酉年春月八一叟吳俊升序於美國西部太平洋之濱。

周漢光著張之洞與廣雅書院序

五年前余在香港新亞研究所任教時，兼任珠海書院文史研究所博士班論文導師。周君漢光適在其時隨余指導作論文。周君畢業於香港中文大學聯合書院國文系，復在中大研究院研究哲學，獲碩士學位。國學既有根柢，復於研究方法，有所習練，宜於作高深研究。其人又溫文爾雅，好學深思。余故樂爲指導。當其與余討論研究論文題時，擬以張之洞研究爲題。余以張氏爲清末維新運動之重要人物，對於當時種種現代化設施如改良農業，建設新工業，鑄錢幣，創鐵路，開礦產，製兵器，均創立規模。尤其對於廢科舉，創設各級各類新學堂，建立全國學制，以及提高譯書與遣派留學生，對於中國教育之現代化，建樹尤多。而對於當時維新與守舊思想之衝突，提出中學爲體西學爲用之教育文化政策，平亭眾議，使傳統文化與西藝西政得一折衷，而現代化因減少阻力而得以推行，建立後來發展之正軌，尤屬劃時代之一大手筆。張氏實爲當時維新派之重鎮，在中國近代史中居特別重要之地位，非當時任何維新人士所能企及。如以張之洞作專題研究，實富有意義。余因對周君選此題力贊其成。其後數年內，自搜集資料，草擬大綱，及分章撰寫，均隨時與余商討。余提出意見，周君多能接受。對於補充資料、修改大綱、及修飾文字，周君均不憚煩難，盡力而爲。其勤劬敬事之精神，實爲從余遊諸生中所不多見。當其論文將完稿時，余適遷居美洲。由中大教育學院院長杜祖貽教授繼予指導。論文內容益爲充實，而底於完成。於民國六十九年秋季，周君赴中華民國教育部，應國家博士考試。主試委員爲前考試院院長名教育家楊亮功教授、粵省名宿名教育家崔載陽教授、中國文化大學歷史研究所所長名史家宋晞教授。其時余適在臺北，亦備員考試委員之列。各委員對於論文內容所提出之問題，周君均能作滿意之答復。論文經審議通過，遂由教育部授予國家博士學位。其後數年中，周君復將原論文繼續修訂，而成專書。書付印前問序於余，余以曾與其事，故爲先述此書寫作之緣起與經過。

本書之內容特點，可得而言者，亦不一其端。首應提述者爲其參考資料之豐富。凡涉張之洞之生平事功，學術思想之一切資料，周君力所能及，無不盡量搜集。中間曾數赴臺灣各處，訪求有關文獻。所得資料，隨時影片或抄錄，積篇累牘，幾成張之洞之傳記長編。然後就所得資料加以思考與集綴而成此書。遂成現有研究張之洞之中西專著中取資最富之作。再就其文字表現技巧而言，本書以淺近文言寫成，明白曉暢，不蔓不支。既省篇幅，復具甚高之可讀性。此因其本有文學修養而後得此。至於本書之實質，因參考資料豐富，對於張氏之生平、家世、思想、及事功，著錄甚爲賅備。尤其特別注意於張氏所手創之各級各類學堂，以其爲新創制，書中一一加以敍列。張氏倡廢科舉及手訂學制，尤爲劃時代之大事。作者評敍本末，以備中國教育史料，實具歷史價値。蓋自清末維新運動興起，卽引起中西文化之衝突。中間經過五四運動，全盤或全心西化運動、中國本位文化運動，乃至中共之全盤採取西化中之俄化與文化革命運動，以及最近之四化運動，中西文化之衝突，未嘗間斷，遂成今日分崩離析之局。夫立國於今日世界，本國文化與外國文化不能免於交流，亦不能免於衝突。由衝突而歸於調適，則有賴於一貫之文化政策。我國在維新伊始，本有一比較健全而可以調適中西之文化政策，惜未能一貫推行。此政策卽爲張之洞所揭櫫之「中學爲體西學爲用」政策。考此政策之提出，雖不始於張氏。然張氏之「勸學篇」爲此政策作理論之奠定，故後之論此政策者，首推張氏。中體西用政策，如純從定義推敲，似不可通。蓋有此體斯有此用。中西學不同體，何能以西學爲中體之用？此後世之反對者取 Semantics 立場，主張尤力。惟如不以辭害意，所謂中體西用，實以中學爲主，西學爲輔；在於就中國傳統文化及西方科技政治之間，取一折衷方針，使維新運動雖採西化，而不離我國故有聖賢義理之根本大道，尤屬不刋之論。張之洞在其「勸學篇」中明白解釋其政策，爲「中學爲內學，西學爲外學。中學治身心，西學治世變」。孫家鼐在覆議開辦京師大學堂摺中亦云：「以中學爲主，西學爲輔。中學爲體，西學爲用。」梁啓超代訂「京師大學堂章程」中亦謂「中國學人之大弊，治中學者則絕口不言西學。治西學者亦絕口不言中學。此西學所以終不能合，徒互相詬病，若水火之不相容也。夫中學，體也；西學，用也。二者相需，缺一不可。體用不備，安能成才？且既不講義理，絕無根柢，則浮慕西學，必無心得，祇增習氣。」此皆對於中體西用說之正確解釋。張之洞在「勸學篇」，對此政策作系統之理論奠定，遂成國是，而獲清廷之明令頒行。直至民初，雖以政體共和，袪除忠君之義，但已加強愛國之德目。中體西用仍爲繼守之教育文化政策。惟五四運動興起，批判中國傳統文化，政策遂偏於西化。全盤或全心西化運動繼起，更趨於摧毀中化，全採西化。其後雖有中國本位文化運動，精神上擬復中體西化之舊，但亦未能挽狂瀾於旣倒，中共秉中國文化之空虛，乃完全採取西化中之共產化，而建立赤色中國。中共之左派，猶以爲中國文化尙有殘留，更倡文化革命。最近當權派懍於中國文化之不可全毀，復有重估中化之跡象。中化西化或偏重，或偏廢，至此紛更未已。近百廿年來中國之擾攘不安，終至釀成陸沉之鉅變，原因固多。其中重要原因之一，卽爲未一貫確守中體西用之文化政策。在現時創痛鉅深之餘，對此政策重加檢討，實不得不認爲調適中外文化衝擊之上策。良以立國必有根本。此根本卽固有之文化傳統。除此傳統而完全外化，非僅引起紛亂，且有亡國滅種之危機。在中國近代史中，提倡革命，創設民主政體，首先崇尙西化者，莫過於國父　孫中山先生。而先生之主張將吾國固有的倫理道德要從根救起，對西洋的物質科學要迎頭趕上，此猶是中體西用之說明也。卽就中共而論，今於全盤共產化及文化革命之後，懲前毖後，在文化方面亦主「古爲今用，與西爲中用」，曷嘗非中體西用政策之另一說明？再就世界其他國家處理與外國文化交流與衝突而求其調適之政策而言：若日本之維新，摹仿西洋，惟恐不及，但未嘗放棄其固有之文化精神也。若印度之亡國復國，雖力求西化，但未嘗摒棄固有之宗教與紛歧之語文也。若猶太國於復建之後，百度維新，而猶堅持猶太教義。甚至對於近於死亡之舊日語文，猶加以恢復，使全國國民從頭學起，成爲國定之語文，未嘗全部外化也。甚至新加坡一蕞爾新邦，爲圖生存，力求西化。但以絕大多數國民爲華裔，爲固立國根本，方以儒學義理，教其國民。此亦中體西化之顯例也。至於中華民國雖在臺灣一地垂統，但繼承 國父及故總統 蔣公之文化政策，一面取法西藝西政，一面保存並發揚中國固有文化，遂臻富強康樂之境界，與中國大陸共產革命後之現狀，成一強烈之對比。此乃中體西用政策之成功，尤爲彰明較著者也。故盱衡古今中外之事例，可知立國於今日之世界，凡與他國文化交流衝擊，而企求其調適，而能達到現代化之目標者，以本國文化爲主，以外國文化爲輔，實爲最普遍適當之政策。我國最初本採此一政策而未能一貫堅持，遂成今日紛亂之局，殊堪歎息。周君漢光平日飫聞此論，於研究張之洞之學術思想與政策時，將其中體西用政策特別提出，加以探討，而闡明其重要性，實具有卓識。而此政策之重新提出與論定，當此世界舊邦新國正蘄求現代化之時代，尤具時代性，而特富意義。此則宜在此特爲介紹，以供讀者之商討者也。

本書下半部專述張之洞創辦廣雅書院之經過及其演變，兼及廣雅人物之傳略。依研究論文之嚴格體例而論，此半部書與上半部內容少邏輯性之內在關聯，可截分爲二而各自成篇。茲合兩部爲一論文，或未免拼湊之譏。當余指導寫作時，亦曾有此感覺。惟以周君爲粵人，對於廣雅書院之文獻，搜羅甚多，有鈎沉之資料，而廣雅書院繼學海堂之後，影響兩粵學風甚鉅，既爲張之洞生平重要貢獻之一，留之適足爲張氏對於文化存古固本之具體例證。如拘於體例，不列篇內，未免可惜，故未建議删除。茲以正式專書形式出版，兼顧讀者興趣，較一般研究論文又自不同。上述體例上之顧慮，庶幾可以消釋耳。並附記於此。

綜上所論，本書取資豐富，著錄賅備，行文平易可讀，而內容既富歷史價值，復具時代意義，實爲佳作。故余不避阿好之嫌而序其端，惟大雅進而敎之。

中華民國七十二年春月八三叟吳俊升序於美西洛杉磯寄廬

佘雪曼教授書畫展觀後記

吾友佘子雪曼蜀中高尚士也。昔在南雍，已蜚聲文壇，以餘力事書畫，幷卓然成家。迨後掌教川粵各大學，所至除以文學啟廸後進外，並致力書畫藝事。所作各體俱備。均上追古人，超逸絕塵。海內藝壇，久有定評矣。去歲秋膺部聘設帳文化大學。余亦于役廣州，得與佘子邂逅。大陸既輟弦誦，佘子惄然來此孤島。以祖國文化之中斷爲憂，慨然有繼絕存亡之志，遂開學校，闢藝苑，以風雅相尚。教學之暇仍不輟藝事，所作益多，遂展覽於香港思豪酒店。頃刻之間，紙貴洛陽。余獲躬與其盛，惜以儉學，未嫻書畫，瞻觀之餘，不能狀佘子之絕藝於萬一。惟佘子之高品邃學，則夙所欽重。藝事僅其表現之一端耳。抑余猶有感者，今日何時也？香港何地也？佘子獨於此時此地以藝鳴，倘所謂風雨如晦鷄鳴不已者邪。是佘子之足重，猶在藝事之外也。

庚寅暮春三月如皋吳俊升觀後敬記

序余雪曼教授伉儷書畫展

余與余雪曼教授伉儷交久。自江津白沙初識荆，迄今二十餘載矣。庚寅年大陸變色同避地香江。雪曼初展覽其書畫，余卽曾爲文以張之，轉瞬間已歷十五寒暑，庚子余再來港，又逢雪曼書畫展，復爲敍其緣起。今年季春，雪曼伉儷又將展其書畫於香港大會堂。其藝愈進，其道愈高，乃枉過相告曰：「余夫婦書畫君所夙重，曩日展覽均獲評介。此次亦不可無一言以增重。」噫嘻，余於雪曼伉儷豈惟重其書畫，且重其雅人深致。不啻今之趙管。今當嘉會，詎可吝於一言?惟余於雪曼伉儷之書與畫並其人之超逸絕塵，已於前兩次展覽數數稱道矣。今日更有何言可爲賢夫婦增重者?雪曼之請，躊躇未報命。繼思書畫之道，余未窺堂奧，多言徒增絮聒。且深於此道者其賞鑑之詞，鳌然有當，必千百倍於余之所言，余固可以無言。惟余於欽賞雪曼書畫與人格而外，對於今日中國文化並雪曼個人之際遇，有不能無慨於中者。雪曼伉儷所展覽之書畫以及夙擅勝場之文章詩詞，皆中國文化之精粹也。中國文化方遭空前之災阨。其一意以滅絕或鄙棄中國文化爲號召者，固無論矣。卽社會人士不恥言中國文化，或更昌言提倡者，其眞能了解中國文化，忻賞其精粹如詩文書畫，而助其發揚光大者，亦未多覯。否則以雪曼之高才絕藝，誠宜置之畫苑詞林，受社會之供養，無生計之煩慮，優游物外，肆意創作，爲中國文學藝術放異彩。奚取於槖筆走異邦，頻獲外人之激賞，或廣收生徒，多耗日力於口耳之間哉？此余所以逢雪曼伉儷書畫展覽之會，於賞翫欽贊之餘而不能不興慨也。雖然，余之所慨，是否當於事實，將於此次書畫展之結果覘之。是爲序。

中華民國五十三年春月如皋吳俊升序

敘周君士心師生畫展

畫非余素習，顧甚好之。前在國內，于役南北，凡有畫展必往觀賞。來港後約翰副堂與香港大會堂，亦時爲余流連之所。久亦略知畫品之高下。數年前曾於某次旅港畫家集體展覽會中見鄉人周君士心之作品，輒賞其用筆淸新可喜。所作四君子畫，尤超逸無俗韵。及見其人，則彬彬君子如其畫也。其後周君執敎新亞書院藝術系，循循善誘人，從學者均悅服。余益佩周君之學養有素，非尋常畫家所可比儗矣。迨與相習較深，益知周君產吳中山水秀麗之區，家學旣有淵源，又從名師游，復周歷名山大川，遍觀故宮法繪，乃知其卓越之造詣，蓋有由來而非偶致也。今之以藝鳴者衆矣。但如周君之精於畫法，深知畫理，有著述名世，而其藝術修養並能表現於人格而足爲後學師法者，實不數數覯。今周君備數善而猶歉然若不足，實游於藝而幾於道者也。癸卯冬月，周君師生聯合展其作品於香港大會堂，僅供觀摩而不求售，余喜周君之畫並重其人，爰書此以張之。

蕭君立聲書畫展覽序

余承乏香港新亞書院校務時，始識蕭君立聲於藝術系諸畫師中。蕭君爲粤之潮安人。性沈默而遇人誠摯。承家學，善書畫，而畫人物尤工。其寫人物故事，巨幀大幅，對客揮毫立就。所圖聖賢仙佛或山林隱逸之士，皆栩栩如生，呼之欲出。觀者歎爲絕藝。蕭君所長在於以書入畫。蓋中國書畫素稱同源。蕭君以書法線條刻畫人物形態，勾勒衣衫褶襞，筆致蒼勁飄逸，妙造自然。因書畫融合一體，故在人物畫中獨標一格。近人作西畫號稱爲抽象派者，亦有融會中國書法筆意作畫者。且有逕以甲骨籀篆文入畫者。驟然而觀，似甚不相類。然自美學觀點而論，中西書畫美之最后所在，俱在於基本筆法。基本筆法如盡美矣，以之從事中西書畫，無不盡美。此所以不僅中國書畫一本而同源，而中西書畫或將殊途而同歸也。蕭君於此能爲藝術開一新境界，誠屬難能矣。抑有進者，中西藝術批評家論藝術之造詣，同謂不外三階段。最初爲技。其次爲藝。最后爲道。蕭君之於畫，蓋由技而進於藝，復由藝而進於道者也。蕭君之進於道，不僅於書法之高妙與畫題之超逸絕塵見之，尤見於其誨人不倦之精神。余在新亞書院時，素知蕭君不僅於課間循循善誘。其在課外之集會，無論郊遊或寫生，凡有益於師生之切磋琢磨者，復無役不與。其啓廸后進惟恐不及，爲輓近敎育界所少見。故余夙重蕭君，不僅以其技與藝，且以其能進於道也。今聞蕭君將赴東南亞展覽其書畫。東南亞以環境之幽美，人物之俊秀，素重藝術，蕭君此行，必將傳其技與藝與道，爲彼邦藝術放異采，可斷言也。蕭君臨行，徵言於余。爰叙余所以重蕭君者以壯其行，並預祝其成功焉。

如皋吳俊升序於香港

張大千先生畫展觀後書感

大千先生法繪獨步當世。此次在港展出其近作，盛況空前。在港諸書畫名家已先後讚譽。余於畫法所知甚少，何敢再贊一詞？惟先生知友慫恿以一般忻覽者之見地，述其所感。爰贅數言，以諗大雅。余以謂無論民族與個人，其藝術天才之造詣，至登峯造極時，必然求變。惟變始能超越本身之成就，而另開一新方向、新境界，以發揮其天才，而促藝術之進步。此無論古今中外文學與美術，皆是一理。舉中國文學與繪畫為例。唐詩之後有宋詞。宋詞之後有元曲。元曲之後有近代之戲劇與小說。繪畫則由唐宋之寫眞狀實，變而為後來之寫意傳神。西洋之畫法則由刻意求似之寫實派變而為印象抽象以及各種新派。此皆由於原來宗派發展至極限，欲求超越，必開新境也。大千先生之畫，繼承中國六法傳統。並不以自限而自闢新蹊，早已超越前人。但其畫法發展至極度，又感局限不能作自我之超越。爰於近二十年來漫游歐美，多歷名山大川，與舉世之名畫家游。觀摩作品，上下議論。於是其畫法再變，而其卓絕天才復得發揮之新契機而超越一切矣。其新作最近展覽於香港大會堂者，無論山水人物花鳥蟲魚，其布局用筆與著色，均變原來作風而高標新格。不知者或疑為大師亦趨騖時尚。其實大千先生以天縱之才，不肯局限於成法而變化求新，另闢天地，乃循藝術發展之常軌，無可疑議也。尤為難能者，綜觀先生之新作，元氣磅礴，彩墨淋漓。狀物寫景，脫略形迹而愈見神似。其作風與氣魄，實睥睨古今中外一切畫派，獨立當世。允為我中華民族及先生個人藝術天才最高之發揮與造詣。宜乎展覽新作之日，全港之文人學士，富商鉅賈，乃至委巷市民大眾，奔走相告，麕集會堂，縱其觀賞惟恐不及也。嗚乎盛矣。余於拜賞之餘，謹祝世界眼科醫術進步，使此不世出之大師，早復目力，更多創造，俾世界藝壇更放光明。則不獨大千先生及其友好門人之私幸而已。

中華民國六十年初夏如皋吳俊升觀後敬書

序陶氏畫展

同鄉陶壽伯先生將與其夫人公子舉行畫展於香港大會堂，甚盛事也。承不棄譾陋；問序於余。余不善畫，何敢贊一詞？惟平日喜忻賞藝術之美。前在國內于役南北，凡公私收藏以及鉅匠展覽諸名畫，皆喜觀賞。及來香島，遇約翰副堂及大會堂每有書畫展覽，均流連不忍去。現當退休多暇，更多與諸友書畫之會，而於繪畫之高下優劣漸漸能辨。而偶然應作家之請，僭爲月旦之評。陶先生爲夙交，又其畫乃素所欽重。問序其何可辭？余維陶先生此次畫展有異於尋常畫展者數端：陶先生夫婦父子聯合展覽；一門風雅，爲前人所少有。陶先生畫梅，夫人強淑平女史繪蘭，而公子豹若則寫竹。四君子畫，一門有其三，誠藝林少有之佳話。此其難能可貴者一也。陶先生畫梅清奇蒼勁，獨步當世。余素知臺灣現爲中國知名畫家薈萃之地。山水、人物、花卉、翎毛，各有專門名家。而花卉一門中，孰精畫梅，孰精寫蘭與竹菊，均有定評。

陶先生則爲畫梅巨擘，爲衆所共推。鄉先輩吳稚暉先生早推爲畫梅聖手，實非過譽。余亦以爲可與泰州畫梅大家凌文淵直支先生後先媲美。過去港地展覽名畫雖多精品，而畫梅佳作則較少。陶先生此次畫梅展覽，可開風氣，此其難能可貴者二也。陶先生於畫梅而外最近復模山範水，鎔清湘八大於一鑪，爲傳統山水宗派再創新境，復以餘力治印，古樸厚重，直追秦漢。又不吝所長，悉以傳授後進。所培育之人才遍海內外。現於香港更設萬石畫院。本港愛畫青年亦獲窺其門牆。多藝而能傳人，此其難能可貴者三也。有此三美，故余忘其譾陋而爲之序。倘免貽譏大雅，則幸甚矣。

序徐達之師生書畫展覽

書畫家徐君達之將展覽其書畫於大會堂，問序於余。余識徐君於文藝雅集已多年矣。徐君初以其第一次書畫展覽集相贈，余受而觀之，卽佩其筆法高逸絕俗，非泛泛以書畫名者所可比。迨後數與徐君雅集，觀其續作，並常與接談，益佩其書畫之高妙。而其爲人和易，謙抑寡言，具高藝而不矜不伐，殊有雅人之深致。足徵其修養功深，具有藝術家之高尙品格，誠藝壇之翹楚也。今年徐君以所作益多，復展覽於大會堂。余獲先覩之快。徐君書法篆隸行草俱見功力。筆法均挺秀多姿。其書與畫之筆法與神韻並能融契一致。余欣賞之餘，益徵書畫同源之可信。而所謂六法與八法，其盡態極妍則一致耳。徐君之畫，於山水、人物、花鳥、蟲魚無不精。此次所展以扇面書畫尤爲奪目。扇面書法係臨諸帖而別具雅致。畫則有四君子與荷花牡丹，均清麗不俗。誠高品也。徐君除以藝自鳴外，復創文藝書院，廣收生徒，熱心教學，成績懋著。此次並展出其高第弟子作品。其中亦不乏佳作。徐君高藝，將獲薪傳，此於發揚民族藝文，並有裨助，亦屬難能可貴。余於書畫素喜欣賞。凡有展覽無不與其盛。於徐君之書畫展因素佩其藝與人，故樂爲之序。

中國書道協會會員作品展覽序言

中國書道協會將展覽會員作品於香港大會堂。余不善書而忝居名譽執事之列亦將躬與其盛。爰綴數言，以敍其事。近數年來香港愛好書法人士爲發揚我國特有藝術，爲數裨助復興中國文化，時有研究中國書法並觀摩作品之集會。漸漸各自組成團體，爲數甚多。對於書法研究之倡導，氣象蓬勃，盛極一時。其後各團體之會友深感分立小組各自研究，不如團結爲全港之組織，收效更宏，因而化零爲整，合成兩會。一爲「中國書法學會」，一爲「中國書道協會。」兩會雖並立，但會員仍多相通。關於會務進行，彼此復合作互助。其相觀而善相得益彰之表現，誠本港學藝界可以稱道之盛事也。「中國書法學會」自成立以來，已舉辦本港學生及社會青年書法比賽。成績斐然。「中國書道學會」成立較後。今亦集會員作品，爲盛大之展覽。此次展覽不僅供會員彼此之觀摩，且可以鼓動風氣，引起社會對於書法之重視，並可激發學校生徒與社會青年學習書法之趣味。其結果可以繼存絕藝，發揚國粹，爲復興中國文化作裨助。故展覽之意義甚爲重大。固未可等閒視之也。至於此次展覽內容之特色，其可得而言者，亦不一其端。首爲出品人數之眾多。凡書道協會及書法學會之會員多展出其作品。滿壁琳瑯，洋洋大觀，非前此個別書家之展覽所可比。次則所展作品，各體俱備，篆隸眞草行書，各有專門名家示其楷範。使觀者鼎嘗一臠，而能體會八法之技巧與各體之韻味，因而對於中國書法之源流衍變亦能得其彷彿。非徒欣賞藝術之美，且可窺書道之全也。故此種展覽，非但有藝術價值，且亦富教育意義。現當社會生活日趨繁迫作書工具日趨簡便，因而中國傳統書法日趨衰退之時，有此展覽，如能振衰起廢，重張書道，則諸同仁提倡之苦心，與一般社會贊助之善意，將不虛費矣。謹以此短文預祝展覽之成功。

宗敬之先生七十壽言

中華民國四十九年農曆七月穀旦，忻逢吾師宗先生敬之七十杖國之慶。鄉人士僑居瀛臺者咸舉觴爲壽。俊升于役香島，未能參與，不可無言以壽吾師。憶童年在鄉校習師範即受業於先生。今忽四十有五載。其時吾甫束髮，先生方逾冠。今師弟皆斑白人矣。然先生雖遭時多變而神采奕然如昔。其翊教勸學，老而彌篤。有師如斯，爲之弟子者亦振奮忘其老之將至也。先生蓄道德能文章，世多能言之者。惟俊升以親炙故，獨知之詳。先生列吾鄉沙太史健菴先生門牆。太史邃於學而雄於文者也。又先後受知於南通張公季直，海陵韓公紫石。復與顧延卿、沈海秋、金蘅薏、李審言諸先生游。其文章初嘗以桐城爲榘範，惟晚作大力磅礴縱横恣肆，已非方姚所能局限。蓋駸駸乎上逮戰國秦漢。視今之率爾操觚者，直草芥耳。先生復以餘力治書法，數十年臨池如一日。四體皆精絕。海內外求書者戶限爲穿。吉光片羽，皆所珍寶。眞知書者無不雅稱先生獨步當世。世人雖以文章書法重先生而先生所以自重者猶不在此。先生丁玆叔世，所朝夕憂慮者惟斯文之將喪，世道之陵夷，因以右文衞道爲己任。凡議論無不念玆在玆。於昌言廢棄我固有文化與道德者，必思有以啟迪之。無已則不惜憤而與之爭。蓋其所自信者篤，而所以期望於後學者殷，故形於外者不自覺其激切。而先生之誠悃動人，亦於此見之矣。方今悅學之士少，而譁世取寵者多。安得老師宿儒數十百人如先生者辨正然否，毋縱詭隨，以振士風乎？俊升於先生往年從學，比歲相依。其情誼非尋常師弟子所可比儗。爰述向所服膺者爲先生壽。倘爲忻然進一觴乎？

徐季良先生七十壽言

民國五十八年冬月初八日爲鄉彥徐季良先生七十設弧良辰。旅港鄉人士羣思所以爲先生壽者。或繡像祝長生，或醵金作善舉，所以壽先生者不一端。但不若以文字爲壽可以垂久遠而勵來茲。因有徵言於余者。余不文。惟以先生之令德碩望，素所欽重，何能以不文辭？夫稱壽非古也。且七十之年，古來所稀，而今人所常有，尚不足以言壽。先生亦遜謝不遑。惟鄉人士於先生七十良辰，獨鄭重其事，將爲先生開筵稱觴，期羣賢之畢至，欣老少之咸臻。非僅以壽先生一人，實如壽啟之所言，將以此而奉揚仁風，宣昭令德，壽人實所以壽世也。季良先生以工商起家於香島。操奇計贏，睥睨中外。誠人中之豪也。但先生雖豪於貲，實未嘗自私其貲。在國內外斥貲救災卹貧，如恐不及，數十年如一日。藹然有仁者之風。先聖有言，「爲仁不富，爲富不仁。」富與仁難兼有之。香港之富家巨室，其貲財什百倍於先生者，不知凡幾。猶憶大陸變色，難胞麕集香港之際，其能深體「哿矣富人，哀此煢獨」之意，而忼慷捐資撫輯流亡如先生者，初不多覯。惟以先生之捐資倡導，社會風氣爲之轉變。救濟事業，漸立基礎。人民生計，賴以改善。先生實爲富而仁者矣。先生始創蘇浙旅港同鄉會，繼設蘇浙公學與小學。本首望相助之義，爲興學育才之計。輸財輸力，任勞任怨，亘二三十年如一日。遂使蘇浙旅港同鄉會在香島各同鄉會中首屈一指，而蘇浙公學與小學，亦各爲其同級學校之翹楚。其成就爲香島同性質之事業中所絕無僅有。非仁者用心之擴充其何能有此耶?先生哀神州之變色，同胞之倒懸，雖寄跡海隅，而心存魏闕。數次率團赴臺，既堅葵向之忱，復獻中興之策。其廣銷臺灣物產以裕國計民生，其興學育才以利文化復興，皆出於愛國家愛民族之大願。而此大願，亦爲仁者用心之擴充也。既有仁心。遂昭令德。先生不僅爲一豪傑之士也，實爲我儒家所標爲人格楷範之仁人也。惟仁者壽。今先生年登七十，而容光煥發，精力充沛，望之如五十許人。豈不以大德而得其壽耶?先生之事功如日方中。先生之年壽亦將如事功之進展與綿延。由古稀而耄耋，由耄耋而期頤，而先生之仁風令德，因稱觴而宣昭，使竝世翕然從風，則壽人正所以壽世也。先生其爲欣然晋一觴乎。

雅禮協會創立七十周年祝詞

竝世之國際社團其組織起於一國而能以裨助他國之教育文化爲宗旨，冀收文化交流之實效而無絲毫政治或宗教之作用存於其間，並能鍥而不舍，亘七十年而事業常新者，其惟雅禮協會乎?·雅禮協會者，本世紀之初，耶魯大學具有宗教熱忱與人類同情之少數學人所組成之團體，以東來中國協助我邦之教育文化爲職志者也。自海通以來，西方宗教團體東來者衆矣。其間從事教育與醫藥衞生事業者，亦實繁有徒。但多以傳播宗教教義爲最後鵠的。惟雅禮協會則與此異趣。宗教固所措意，然未嘗以醫藥及教育事業爲誘因而以傳播教義爲其終的。此觀於協會在湖南長沙所始創之事業與最近在香港與新亞書院合作之措施可知也。雅禮協會始終爲我國人士所欽感者，卽在此種愛人類愛中國之無所爲而爲之偉大精神。而其事業本身之貢獻，猶其次焉者也。今當雅禮協會創立七十週年。吾人歌頌其成就，首宜揭櫫此偉大無我之精神，次則宜表其事功。雅禮之事功始於湖南長沙。雅禮中學、湘雅醫學院、湘雅醫院、與護士學校，先後在長沙設立。育才與壽世，成效懋著。聲譽洋溢乎華中，漸著於全國。我教育與醫學界無不知有雅禮，亦無不欽佩耶魯學士之熱忱與偉抱者。雅禮在中國近半世紀之努力，不幸因大陸之變色而中斷。惟協會諸君子雖被迫而撤離中國大陸，而對於中國教育文化事業之協助，固始終未嘗忘懷。爰於一九五三年遣耶魯大學盧鼎教授東來察訪有何教育學術機構，値得合作與資助者。香港新亞書院獨當其選。良以新亞師生繼承中國文化之傳統，保持思想與學術之自由，復有艱苦卓絕之精神，與雅禮志同而道合也。非偶然也。雅禮自一九五四年與新亞合作以來，純處於協助之地位。於新亞校政之決定無與也。於宗教之傳播無與也。惟以服務及濟助新亞爲事。新亞無固定校舍，雅禮則興建之。新亞經費不足，雅禮則補助之。新亞缺師資，雅禮則以耶魯學士充實之。新亞清寒學生膏火不給，雅禮則資助之。新亞行政需人相助，雅禮則以駐校代表協助之。雅禮凡所施爲，一本基督「非以役人，乃役於人」之崇高理想。故合作迄今近十七年，新亞校務擴充發展，蒸蒸日上，其教育水準與學術成就，揚譽中外，最後成爲香港中文大學基礎學院之一。而耶魯學士先後來校協助者，浸漬於新亞中國文化氣氛之中，並經數年教學之歷練，亦均成材而去。吾人於此日追溯合作之往跡，可以斷言新亞微雅禮無以有今日，而雅禮有新亞亦得繼續發揚其愛人類愛中國文化之偉大精神，並得培育後起溝通中美文化之人材。誠相得而益彰也。中美民間機關團體合作之事例亦多矣，但彼此合作精神之愉快與成效之卓越，未有如雅禮與新亞者也。今年二月欣逢雅禮協會創立七十週年良辰。新亞同人飲水思源，旣集會慶祝。復以雅禮精神之偉大與事功之輝煌，尤其對於新亞之玉成，有不能忘懷者，爰述其經過以當祝頌之詞。夫七十之年，就個人生命歷史而言，在現時已非稀有。而教育文化團體如雅禮者，七十年之歷史，正其生命之發軔耳。其前途光明，誠無可限量。吾人謹以至誠祝此造福人羣之團體臻無疆之壽域，而與新亞書院之合作，亦日臻密切而更著其成效。此兩合作團體之前途，將如松柏之同茂，與河山之並壽。猗歟盛哉！

西曆一九七一年二月十日香港新亞書院全體同仁敬祝吳俊升敬撰並書

香港吳氏宗親會成立十八周年紀念大會致詞

吾中華民族歷史悠久，倫理昌明，爲世界各族之冠。致厥原因，論者莫不歸功於吾固有之家族制度。現雖時勢推移，固有制度，漸有嬗變之徵象，但家族仍不失爲同姓合作互助之單位，亦不失爲社會與國家組織之基礎，則爲社會學者所不能否認也。同姓聚族而居於本土者，固多情誼敦睦，關係密切，其散居各方者，亦賴宗祠族譜與宗親會等制度之聯繫而發生同氣連枝之感，與敬宗睦族之效。此在海外爲尤然。良以吾同胞僑居海外，獨立奮鬪，勢孤力弱，難於立足，而團結互助，則易於圖存。宗親會之散布全球，乃出於海外情況之要求。非偶然也。現在海外非僅同姓有宗親會，並有集異姓溯同源而成會者。甚至無血統關係或由於姓字之部分相同，或由於先世蘭譜之契訂而結爲宗親會者。此雖非同姓之結合，但皆由於宗親一義之引申。其淵源於吾固有之家族主義，並適應於海外情境之需要，則一也。吾吳氏溯源於宗周，得姓於吳國。源遠流長，繼繼繩繩歷數千年而不衰。夷攷其世德有兩事足以稱道爲吾宗人所宜共勵者。此兩事者其一爲讓德，其二爲友誼。「論語」「泰伯」云：「泰伯其可謂至德也已矣。三以天下讓，民無得而稱焉」。此吾宗祖泰伯公以讓德垂範於後世也。夫讓則不爭，不爭則不紛，此爲宗族乃至一切社會組織分子所必具之重要德性，而吾吳氏爲首倡，亦爲宗人所共勉。現吾吳氏之宗親組織有以三讓爲名者，亦有以至德爲名者，均所以闡揚祖德並期以共勵也。吾宗之篤於友誼，則見於遠祖季札公之掛劍於徐君之墓樹。「史記」「吳太伯世家」載「季札公聘問列國，過徐時，徐君愛其所佩劍，口弗敢言。但季札心知之。迨再過徐國，徐君已故，季札公乃解其佩劍掛徐君墓樹之上。從者曰：『徐君已死，尚誰予乎』？季子曰：『不然。始吾心已許之，豈以死倍吾心哉』」？此故事在中國歷史中傳爲友誼之典範，而爲吾吳氏世德之第二特色。

友誼爲人與人相與之要件，亦爲社團組織之基礎。其重要性與讓德相同，而吾吳氏世德具備此兩者，吾人可引以自豪，尤應據以自勉矣。吾吳氏宗親會遍設於世界重要都會。其組織與事業之發皇，在各宗族中不落人後。豈非由於謙讓與篤於友誼兩世德之發揚光大而有此耶？旅港宗親會自成立迄今，已歷十八載。賴諸宗長之艱難締造，基礎奠立，業績斐然，而關於敬老慈幼，以及奬學育才諸事，貢獻尤多。其根本精神亦不外讓德與友誼之發揮，今當宗親會成立十八週紀念盛會，願吾宗人本此世德，益敦睦誼，更進而與其他宗族其他社會和睦相處，共謀人羣之福利，則其光榮將垂裕後昆，無忝所生，豈不休哉！

黃北洪先生暨德配程夫人金婚紀念祝詞

中華民國五十三年九月余膺夏威夷大學東西中心之聘，從事資深學者研究計劃，得與檀香山僑胞中諸賢豪君子游。諸君子故好客，尤樂與新來自祖國之人士款接。杯酒酬酢，極歡愉之致。居者行者，俱恍如聚首祖國，忘其遠涉外洋，身在水中央也。余以郭大使德華博士之介，於僑領中獲識黃北洪先生。黃先生童年隻身自祖國赴檀島，經數十年之奮鬭，成其輝煌之事業，而急公好義，尤為中美人士所稱道。余當時卽重其為人，以能獲交為幸。今年夏黃先生偕其德配程潤心女士游香港，余為東道主，重獲把晤。回溯在檀島與僑胞過從之樂，猶醰醰有味。於談話間忻悉今年八月廿八日為黃先生伉儷金婚佳辰。承出示其廿五年前之銀婚紀念册，高文佳什，美不勝收。黃先生因囑為今年之金婚紀念題詞。適郭德華博士亦自檀島來書敦促。余雖不文，其何可辭？夫銀婚金婚之佳話，為中土前所未有。但新婚例有百年好合白頭偕老之頌，義亦相近。惟婚後每如千年卽有紀念，如西土所謂銀婚金婚者，則中土無此風習。蓋琴瑟永諧，殆視爲當然之事，無煩頻數紀念以敦永好耳。至於西土則婚姻離合較易，習俗早成。尤以近世美國爲甚。暮合朝離，至於再三。家庭若傳舍，婚姻如兒戲，而夫婦之道苦矣。北洪先生夫婦結褵美洲，自糟糠而膏粱，共苦同甘，伉儷情篤，五十年如一日。此在中土或非難能而在彼邦則爲異數。黃先生伉儷不受異土之俗染，而白頭和鳴，綢繆義切，其難能可貴，豈不可以風世而勵俗乎？抑余尤有進者？黃先生伉儷，非尋常白頭偕老之夫婦所可比也。綜觀黃先生之行誼，其可以稱道者猶有多端。先生十六歲走異邦，艱苦奮鬪，自學徒而成銀行總經理，無絲毫之憑藉而成計贏之大業，其可稱者一也。事業成就，不忘僑胞之公益。歷任中華總商會會長、中國總會館主席，對於僑胞利益之維護，地位之增進，教育之推廣，移民律之寬放，致力良多，績效懋著，在美洲僑領中稱巨擘。其可稱者二也。敎育子女及孫輩有方。其成年者均卓然有以自立，爲僑界後起之秀，而先生遂被推爲檀島模範父親。其可稱者三也。身在海外，心存魏闕。祖國急難，時有捐輸。政府播遷，不忘觀光。其可稱者四也。有此四者，宜乎夏威夷全省推爲模範公民，而美國國會將先生成功史略列入名人紀錄，亦有由然矣。雖然，以先生之才德如無賢內助如程夫人者相夫持家敎子，克盡其婦道母職，則先生之成就，或將不能及此。程夫人誕生檀島而擅長國學。其能佐先生興家立業造福社會者，實受中國人倫道德之薰陶與感發，并非倖致，而其影響於華僑社會甚至美國習俗者，亦無可限量。此非一家之私慶，實中華文化之光榮。故余曰北洪先生伉儷非尋常白頭和鳴之夫婦所可比也。茲者，五十年悠悠之歲月，成就充滿成功與光榮之金婚。世間賞心樂事，寧有復踰於此者邪？紀念之日，余憾不能再臨美麗之香島，參加慶祝之盛會，謹書對於先生伉儷欽重之意以代祝賀。倘為北洪先生與程夫人所欣納乎？

祭莫儉溥同門文

維中華民國六十三年八月十一日，國立中央大學香港校友會同人謹以清酌素饈致祭於故理事長莫儉溥學長之靈。嗚呼！昊天不弔，奪我賢良。遽聞噩耗，失措愴惶。人亡琴在，幽明殊方。南雍舊友，來哭一堂。溯君行誼，學府流芳。初習政治，繼治詞章。棘闈中選，聲名遽揚。從政小試，克展所長。神州鼎沸，避地還鄉。棫樸作人，桃李成行。敦梅遺愛，漢師著望。不厭不倦，眾仰謙光。傳統失墜，荞言猖狂。右文翼教，鳳鳴高崗。景從多士，聖道克昌。復策餘力，文壇馳翔。詩文書法，俱擅勝場。奮筆寫作，遺著滿箱。義方教子，列席上庠。刑于寡妻，譽媲孟梁。更篤舊好，會友中央。十年領導，盡歡杯觴。盛會如昨，君胡遽殤？嗚呼！屋梁落月，景色凄涼。鷄鳴風雨，臺城久荒。魂兮何往？母校徜徉。哭君此日，熱淚浪浪。致哀將敬，惟此酒漿。嗚呼哀哉，尚饗。

與香港自由人記者書

記者足下：香江分袂，結想爲勞。五年前「自由人」在港創刊，作反共抗俄之前驅。弟忝居其末。蒞臺以來，媿無貢獻，但對於兄等之辛勤維持，則甚爲欽佩。過去本刊之言論，除反共而外，並常批評政事之得失，作政府之諍友，頗爲中外所重視。惟近若干期有若干記述與論評，以不盡根據事實且夾雜意氣，有失本刊立言之風度，則甚可惋惜。他事不具論，即以關於教育行政之論述而言。弟忝居政府，所知較多，即覺有數篇文字肆爲譏評，並不衷於事實。例如第四二三期「臺灣的高等教育問題」一篇，謂「教育部長想把省立學院改爲國立」，並謂此計畫遭受臺灣省議會的反對云云。作者根據此羌無故實之傳說而發爲高等教育反學術傾向之議論。臺灣高等教育雖距理想尚遠，但原文僅憑不實之傳說作概括之批評，復肆爲人身之攻擊，極醜詆之能事。本刊過去言論雖不採一格，但有一嚴正之風度。原文失此風度而見諸本刊，乃對本刊之損傷。文中對於師範學院改爲大學一事，尤多譏刺。依大學法及現行制度，大學與學院僅有量之差異，並無程度之別。臺灣師範學院因學系包羅甚廣，具有大學之規模，爲便於辦理而改爲大學，事有前例。若謂設備不充，則其待充實又何間於學院與大學？論者之意一若大學爲高不可攀，而改學院爲大學爲冒大不韙者。未知其意何居。第四二五期「異哉所謂中華學術獎金者」一文，作者與董君作賓原有學術上之異見。此文之作，乃不慊於董君之得獎，其動機本屬顯然。全文充滿偏見與意氣，更不待覆按而可見。中華學術獎金之設，原在崇獎學術。作者誠欲爲學術之公論，應贊許此種措施。至於評選之方法，嚴格言之，實難完全合於理想。良以今日學術進步，百科分立。每科之間，又各有專門。而獎金類別有限，欲就各科各門之著作作彼此價值高下之衡較，定獎金之誰屬，殆爲不可能之事。今者當局銳意崇獎學術，不肯因噎廢食。在事實許可之範圍內，儘量求評選之審愼與公平。得獎人之初選與決定，係出於學術審議委員會常會，及大會之公意。教育當局主管人員，且未嘗參加表決。其廓然大公，可以概見。更就得獎之諸君而論，雖不能一一悉如作者個人之意，欲人人如意爲絕不可能之事。但均爲允孚眾望績學之士，更可以事實證明評選之公平得當。今作者未本學術之公心論其大體，惟於細節肆其苛求。如謂評選時間太短促，則歷時一月，不可謂太促。謂獎金分類失當，則學術分類固多異說。作者憑其己見揣測常委會因人設類，非因類求人，未免失客觀論學論事之風度。至謂評選方法爲不審不議之推選，則公開審查，歷時一月。常會與大會開會審議共歷多次。此猶爲不審不議，如何始可謂之審議？作者對於得獎金之人選，儘可本其學術之見解，作公開之論評。今乃對於評選之方法，厚誣事實，滋爲揣測，多見其論評非出於學術之公心也。以上爲弟所見與本刋論旨差違之數端。在投稿者但求能在本刋發表，其目的已達，而本刋寖成爲個人逞發私見之工具，則未免不值。弟論公爲教育行政之一員，論私曾附本刋創辦人之驥尾。爲愛護教育，愛護本刋計，未敢嘿爾而息，故陳所見。幸辱教之。

上香港總督麥理浩爵士書

（代新亞書院董事會作）

總督麥理浩爵士閣下：前以政府所根據之富爾敦委員會報告書（以下簡稱「富書」）有關中大改制之建議，有違創立中大之宗旨，忽視政府與中大各基礎學院之協議，且違反教育原理，曾上書暫緩進行立法，俾各基礎學院以及社會公眾可以從容發抒其意見，未蒙　採納。惟查立法程序，凡法律草案完成後，先須通過鈞座所主席之行政局會議，然後提交亦由鈞座所主席之立法局會議，進行討論，經過三讀，始成法案。最後並須經鈞座之認可後公佈，始成法律。依此程序，中大改制一案，雖在進行中，但鈞座對於改制問題，實具有領導討論與最後認可之最高權力。同人等爲忠於職守計，爲維護香港高等教育計，並爲愛惜政府政聲計，對此重大問題，心所謂危，實不能嘿爾而息。素仰鈞座以開明及民主風度治理香港，政聲懋著，中外同欽。中國古語有言「惟善人能受盡言」，故不辭冒昧，再上書進言，惟望鈞座之明察。

中大成立後之最初數年，以當局與各基礎之學院遵守大學法規，分工施敎，校務進行順利，本無問題。問題起於一九六九年中大所提四年計劃中之擴展事業經費預算，未經政府全數通過，而大學校長遂以大學預算經大量縮減爲理由，而實行所謂資源集中運用計劃；因而不惜違反大學法規，而採種種行政措施，將大學本部與各基礎書院分別實施之行政與敎學諸功能，先後集中於大學本部，但仍維持虛空之學院聯邦形式。其實施結果爲資源與職權雖集中，而大學行政開支，反而增加浪費，且造成大學本部與各學院行政與敎學之種種重複與混亂現象，使大學之維持與發展，發生危機。大學當局更進一步企圖使集權統一之措施合法化，因而於一九七三年指定一工作小組研究改制問題。工作小組之報告，分析大學危機之根源，在於大學之措施與學院職能重複，而致產生「軀幹臃腫四肢萎縮」之現象。但其建議並不糾正引起危機之各種違反大學法規之措施，反主張合併各校院系，瓦解各基礎學院之整體，以貫徹大學當局集權統一之企圖。此報告書曾立卽引起所有基礎學院與社會輿論之強烈反對。

大學當局對於工作小組之報告書，不顧各學院與社會輿情之反對，亦不依照法定程序提請大學董事會及各學院董事會分別討論，而將報告書逕呈鈞座，遂產生由鈞座以校監名義指定之富爾敦委員會。在該委員會指定之時，社會輿論卽有對於委員人數及人選發生疑問者。或認爲委員人數太少，且均來自外地，不能反映各方面之意見。或以爲人選偏於接近大學本部。如富爾敦勳爵長期爲中大董事，與大學校長接近時多，而與各基礎學院接近時少。楊慶堃委員爲李校長摯友，屢次受聘來港爲中大顧問及客座教授，爲首先違反大學法規，建議並實行將各基礎學院之社會學系合併爲一者。夏利士委員原爲大學撥款委員會主席，而對於大學之集權統一，從經費觀點素表贊成者。以此人選，恐難保證必作客觀與公平之調查與建議。社會輿論，雖有此疑問，但同仁等以爲此委員會既經鈞座指定，自應靜候其調查與建議。

富爾敦委員會各委員蒞港，在聽取有關各方面意見之前，富爾敦勳爵即公開發表談話，堅強主張大學必須有改革，似對於中大改制不俟調查已有先入之見。而聽取意見，採秘密方式。南華早報已稱爲「關門聽訊」。且聽訊時富爾敦勳爵發表其個人之見解時多，聽取意見之時間較少。委員會在港停留時間僅一週。實地調查時間，如此短促，調查方式如此出乎尋常，幾使人不能不疑委員會對改制事早有成竹在胸，調查只是虛應故事。但吾人仍望有符合眾望之公平合理之報告與建議。委員會在倫敦經過數月之草擬，而成現在之報告書。

當報告書發表之時，同時卽有鈞座之指示，謂已提交行政局接受，並指定小組依報告書之建議草擬大學新法規，並儘早通過法定程序，付諸實行。同人等之愚，以爲中大法規關係百年教育大計，不宜倉卒立法，曾上書請准從容商討，從緩立法，未蒙採納，已如前述。

以上係略述「富書」之背景及其緣起，以備鈞座考慮下列同人意見之參考。同人意見，以爲中大改制事大，「富書」之建議有弊而無利，應請將其建議在立法程序中依照處理一般引起爭議案件之慣例，暫予擱置，以俟有關學院及社會公衆有從容討論及貢獻意見之機會。同人等作此請求之理由，縷陳如次：

（一）爲求進步，一切法制均不應一成不變。但變法必具理由。其最要理由爲新法確勝於舊法。中國古語有云：「利不百不變法」。此語雖過保守，但必現法有害而新法有利，方可變法。中大校政之紊亂，不由於現制而由於大學當局違背現制而起。其改革之正當途徑，本在於糾正違法之措施而不在於變法。但如舊法雖無弊而所擬立之新法，確優於舊法，則爲求進步起見亦未嘗不可棄舊而更新。惟「富書」所建議之新制，非徒無利，且有甚大之弊害，玆爲鈞座再分析言之：

（二）「富書」所建議之中大新體制，實質上爲單一大學制：因各基礎學院將淪爲僅附有補習教師之寄宿舍，不成爲一般聯邦制大學之完整單位，乃至顯然之事。

「富書」猶侈言加強聯邦制，其指鹿爲馬，混淆名實，固爲邏輯及語意學所不許，而在實行上則有種種弊害。

中大實行聯邦制乃政府與各基礎學院商討與協議之結果，玆不諮商各基礎學院，不得其同意，而建議比一般單一制大學格外集權於大學校長之體制，使各基礎學院名存實亡，而又實逼處此，毫無選擇之餘地。此種極欠公道之建議，將陷政府於毀約背信。「民無信不立」，政府失信於人民，其弊害將不限於教育範圍以內。

聯合王國之政治，向以尊重傳統與崇尚信義著稱。就大學改制之先例言之。如採聯合制之倫敦大學於一九二六年改訂大學組織法之前，國會爲保障各成員學院之組織，卽曾通過一條法律條文規定非經各學院之同意，不得改變其組織。結果在倫大之新組織法中各學院之組織並無改變而聯邦制一仍舊貫。此爲大學改制尊重傳統崇尚信義之具體先例。「富書」之建議，實與此先例完全背道而馳。亦違反聯合王國之政治傳統。

各基礎學院之創設皆無中生有，備歷艱難，唯賴各學院董事會耗心血，費金錢，慘淡經營十餘年後方使其學院各具規模，成爲中文大學之基礎。學院各董事仍竭其所能以貢獻於其締造之學校，兩年來乃爲維護其一貫之理想與方針，而有反對大學輕率改制之呼聲。今「富書」爲欲貫徹大學集權統一之目標，竟建議將管理各學院之董事會，根本取銷。對於各校董事會不啻一種懲罰。如依照實施，則社會熱心公益，出錢出力之人士，將從此灰心短氣，裹足不前。此乃社會福利之重大損失。

（三）中大採取聯邦制，原利於各基礎學院以外其他合格學院之陸續加入，以免再新增大學，多加納稅人之負擔。如照「富書」之建議改制，原有之基礎學院淪爲學生寄宿舍，則前車可鑑，其他學院孰敢加入？建立第三大學之要求，將不斷發生，政府將難於應付，納稅人恐終不免增加負擔。

（四）以上係就「富書」改制建議之政治社會與經費負擔之影響，分析其弊害。玆更自純粹教育之觀點評論「富書」之建議。同人等認爲「富書」建議，實以美妙之文詞與動人之教育理想，掩飾其改聯邦制爲單一制之基本主張。不察實情者極易受其蒙蔽。該書倡言加強大學聯合體制與教授治校，驟然視之，實覺符合校內外人士之要求。最初社會一部分輿論對「富書」表示歡迎，除新亞而外，其他學院亦加默許，而政府之迅速接受其建議，未嘗不由於「富書」之表面價值。但細加剖析，則立見其實質主張中大改爲集權於大學校長之單一制，與所稱之贊成教授治校與加強聯邦體制，實屬南轅北轍。所幸社會輿論現已覺察，主張對「富書」重加檢討，而各方反對呼聲亦有增無已。

細考「富書」改制之要點，爲將中大教育分爲「學科本位」與「學生本位」兩部門，而由大學與各學院分別實施。夫一切教育，必須兼顧學科與學生，乃不易之原則。但其實施，必須在同一機構之下，由相同教師加以實施，始能有統一完整之教育。如教育學內常舉之例，謂 “Teaching John Mathematics” 不能將敎約翰（學生）與數學（學科）分爲兩事，分別實施，實屬顯見之理。現在中大各基礎學院各爲一規模較小之 Liberal Arts College，其優點卽在同一機構中，由同一教師，教學生以同一學科。師生有親切之關係，教師在教學科時，對於學生之才能與造詣，有清楚之認識，而因才施敎，在灌輸知識而外，復有「富書」所重視之啓發與誘導之作用。同時因爲學科教師之學術造詣，得學生之信仰，亦可使其在品格上獲得薰陶。此種「教學科」與「教學生」之合一，以及教學與訓導之合一，亦卽智育與德育之合一，實爲各基礎學院在現制下之最大優點。「富書」爲欲削減各學院之職能，主張將教學科與教學生分爲兩截，使大學專教學科，而將學學科之學生不加教育，一委之於學院，造成兩個本位，而未能指示如何使之合一。其實旣分兩截，亦無法合一。在大學方面，擔任學科之教師，只以教書爲職責而不教人，自然與學生疏遠，不察其才能，不能因才而施教，教學之結果，自難如理想。而在各學院，僅分配一部分之教師，專施輔助教學，地位如補習教師。此等二流教師，在學識上難獲學生之信仰，在學術上未必能發生「富書」所指望之誘導作用。如更欲使此等不獲學生信仰之二流教師，兼負品格教育之責任，並希望其發揮學院之傳統特性，實屬一種空想，無法實現。如此建議，若立法加以實施，勢必流爲具文，而各學院現有之優點，亦將隨其在聯邦制下之獨特地位同時喪失。從此「統整人格」之大學教育，將爲「分裂人格」之大學教育所替代，實爲一悲慘之結局。豈美妙文詞與理想所能掩飾？

「富書」曾附會中國之導師制度以支援其主張。殊不知中國師儒制度下之導師，以及中國各大學以及新亞書院現所實施之導師制，係「經師」「人師」合於一人，與「富書」主張之分裂爲二，恰恰相反。又「富書」主張有時暗示係採牛津與劍橋之學院制度。其實牛津劍橋之制度，係根據數百年之傳統演變而來，具有獨特性。其所屬各學院享有行政與教學之實權，其教育並不限於「學生本位」。其教師與學生之比率，且不免高於一般大學。未可與「富書」之主張同日而語。如局部模仿，將成爲畫虎不成反類犬。而各基礎學院多年積累自具教育特色之傳統，將從此喪失。且縱觀全世界大學，從無一實行「富書」所建議之「學科本位」與「學生本位」分裂之制度者。中大李校長在數年前爲欲將本科教學集中於大學本部，曾提議由大學本部實施所謂「正式教育」(formal education) 而各學院實施所謂「人格教育」(personal education) 因不合教育原理亦無法實行，經各學院之反對而作罷議。今乃由「富書」作同實異名之建議，如冒險嘗試，孰負失敗之責任？不可不於事前審愼考慮也。

總之「富書」之改制建議，除實際廢除聯邦制，將大學權力集中於大學本部與大學校長，符合大學當局之企圖而外，實有多弊而無一利，實不宜徇少數人之私見，據以匆促立法，付諸實施，致引起無可補償之不良後果。

抑更有進者：中國古語有云：「有治法無治人」又云「有治人無治法」。此乃對於法制與實行法制之人各有偏重。妥當之原則應爲法制與人事並重。今日中大之問題爲輿論所指陳者，如浪費公帑；如行政人員冗濫；如師資欠合標準，教授正缺不補，以訪問教授充數；如學生程度低落；如校務對外封閉等等，多言之有據，且有時附有統計數字。此皆與法定之現制無關，而由於人謀之不臧！中大當局，對於輿論指責，充耳不聞，並無答覆。今欲改革中大，若僅從制度着眼而不對中大人事作深入之探究，則雖有良法而「徒法不足以自行」，亦是枉然。富爾敦調查報告，忽略人事而輕議改制，實非改革中大之要圖。鈞座高瞻遠矚，有意改進中大教育，尚祈從人事方面着眼，進而對於經費開支及師資水準與學生程度等方面作實際之調查。博訪周諮，庶可明其癥結，而對於改革方案，急其所急。同人等備員新亞書院董事會，多年以來，輸財出力，惟以維護大學教育理想及學院地位並謀其發展爲務。對於學院內部之事，悉託之學人專家，絕無干預。更無私人利益牽涉其間。如學院前途有保障，同人等可以隨時引退。惟現遇香港高等教育之重大危機，不忍坐視學院之淪喪與中大之沒落，故敢一再進言，上瀆清聽。倘蒙 採及芻蕘，將有欠公平客觀而無利有弊之富爾敦委員會之改制建議，或於立法進行中暫作擱置，俾能從長商討，或不作法案最後之批可；並一面對中大內部行政措施之種種違法及處理不當實情，作普遍深入之調查，謀澈底之改革，則自葛量洪總督植基，經柏立基總督創立而由於戴麟趾總督加以發展之中文大學，將由鈞座之兼聽、兼視，博採眾議，而獲其真實之改進。則香港教育，香港青年，與整個香港社會，不勝大幸。一九七六年九月二十五日新亞書院董事會敬上。

論所謂「學系整合」與香港中文大學改制問題

自中文大學當局指定一工作小組研究大學方針與組織問題以後，小組有兩次初步報告，未經校內法定機構之討論，由當局逕呈大學監督，並經監督指定一以富爾敦勳爵為主席之三人委員會考慮應否改變大學與各基礎學院之組織，並廣泛檢討大學之管理、財務與行政問題。此一小組之建議，關係整個大學與各基礎學院乃至香港之高等教育前途，將成為委員會考慮此問題之一種依據。現在富爾敦委員會正在徵詢各有關方面之意見。作者素來從事教育，對中大籌備與成立之過程，始終參與其事；又曾主持新亞書院行政，對於中大與其基礎學院具有愛護之熱情，在此決定中大前途利害之緊要關頭，有根據從事教育之經驗，及以教育學者身分表示意見之義務。爰對大學小組之建議涉及大學及學院體制者發表個人之意見，以供社會人士之參考。

1. 中大小組之報告未向社會公開，但其要點已先後在各報刊發表。其主要之點為鑑於大學與各學院之行政與教學之重複與紊亂現狀，認爲有改進之必要；改進之辦法，則爲對於大學與學院之體制作基本之改變；而改變之重點則爲實行所謂學系整合（Integration of departments）。其辦法爲將三個基礎學院相同之各系合併爲一個單位，依其性質與有關之其他合併後之學系，分歸三個基礎學院，使各基礎學院經合併改組之後各成爲一個單科學院。（小組曾附帶提及學系本位制之學院，但僅係一種陪襯）小組同時主張一種「新聯邦制」，使各學院在行政與教學方面有相當權能。

此種建議發表之後，立即引起嚴重之爭議，基礎學院之員生與董事會紛紛提出不同之意見，社會一般輿論亦不贊同。反對意見共同之點，認爲大學與學院間行政與教學之重複與紊亂情形，乃由於大學之若干措施，未依富爾敦報告書所建議，大學組織條例所規定之聯邦分權之原則，而將各學院應有之行政與教學之職權，集中於大學本部一方面，而各學院仍以徒具形式而存在，以致造成現有之重複與紊亂現象。小組亦明悉癥結之所在，但不建議改革違離法定體制之各項措施，而主張變更體制以遷就事實，既不合理，亦不切實際。此種反對意見，吾人不能不認爲正當。但所建議體制上之改革如確有優於原有體制之處，對於大學教育亦確有革新改進之作用，吾人亦不應加以忽視。因此對其根本改制主張即所謂學系整合原則，有加以檢討與考慮之必要。

2.小組關於改變基礎學院之建議，無論爲學系本位制、學科本位制或學院本位制，皆根據所謂「學系整合」之原則。此一原則爲該小組衡量一切可能的大學聯邦體制價值之最高假定。但此原則，乃該小組之先有成見，並不代表任何公認之教育原則，亦未爲任何世界採取聯邦制之任何大學所主張與實行。所謂學系整合，係將各完整之基礎學院相同之各學系合併改組，各成爲一單科，或雜湊若干學系而成之學院，使其喪失原來之完整性與傳統性，其違背在成立中文大學時，政府與各學院之協議與信約，自不待言。卽退一步離開基礎學院本身之立場，單就教育方面加以考慮，此種建議亦不合教育原理，並違反最近之大學教育趨勢，且因合併改組，增加大學內部糾紛。除爲集權統一之單一制大學（Unitary university）鋪路而外，實屬弊多而利少，以下將加以剖析。

3.「學系整合」對於中大與各學院之最大損害爲動搖在道義上與法律上應守之聯邦制。中大現在之聯邦制乃經過政府、專家與各學院，根據各基礎學院之教育理想，與優良傳統及香港社會需要而建立。各學院雖讓出一部分行政與教學研究之權能而成大學聯合體制，但仍保持一完整之Liberal college之組織，發揮自身之教育作用。如依小組建議之學系整合原則，將各基礎學院合併改組，而各自成爲單科學院，使僅各自成爲大學之一部分，自然動搖聯邦制之根本，而小組猶侈言保存聯邦制。邦已非舊，聯於何有？此猶將北美合衆國之五十州合併改組，仍存各州之名，然後合併成國，而仍謂之保存聯邦制。事之滑稽，孰有踰此？茲暫離開政治之譬喻不論，而論大學聯邦制之本身。凡實行聯邦制之世界各國大學，均尊重原來聯合而成大學之各成員院校，無一大學於聯合以後不顧信義對各成員院校強迫合併改組者。以中文大學取爲模式之倫敦大學而論，該校在一九二七年對其組織法，作輕微之修改時，國會且特別通過一法律（University of London Act. 1927）。其中有一條文卽明白規定新組織法之任何條文，如有礙及各成員院校之組織者，非經其主管機構同意，不能制定。倫大改制之結果，僅在大學本部增一協調各成員院校之Council而各成員院校組織未變，此固由於一方面普守信義，一方面亦由於採取一種聯邦制度，有其歷史之原因與教育之價值，未可貿然改變也。中大工作小組不顧政府與大學對各基礎學院應守之信約，抹煞各校之傳統，無視基礎學院董事會之反對，建議以學系整合原則進而合併改組各基礎學院，已動搖大學聯邦性之根本。復又侈言仍尊重聯邦制，謂各基礎學院經過學系整合改爲「學科本位」或「學院本位」之學院時，仍可爲聯邦之單位。姑不論此單位已非原有之單位，但既言聯邦，各單位必各自爲一整體。如各基礎學院經過合併改組只成為大學之一個 Faculty，或一個 Area of studies，此乃大學之一部分，各部分相加自然只成一個整體，亦將自然變成單一制之大學。小組未明事理之必然，猶言欲保存聯邦制，欲勉強保存現在各基礎學院之行政建制，並謂將建議加強其獨立自主性。此種不合邏輯與不合實際之天眞想法，其結果可以想見者；卽此種矯作之聯邦體制，已失去其必要性，徒增人員與開支，將受社會之指摘，與納稅人之抗議，最後並將遭遇立法方面之否決。其結果則基礎學院已經改組，而聯邦則成泡影。卽讓一步而言，或者小組希望維持聯邦制之初意，可以勉強在法規條文上表現一部分，作為改組基礎學院之代價。但凡屬勉強不合理之事，必難持久。行之不久，必更有改制之提議，而歸於名實相符之單一制大學。

4.如依小組建議根據「學系整合」原則改組各基礎學院，使每一學院在人文、自然與社會科學方面，分別保留一專科，而將其他學科分別併入其他學院，原各為 Liberal arts college 之各基礎學院，在學科方面，皆縮減成為單科學院。如此則 Liberal arts college 之原有寶貴教育價值均將喪失，此乃教育方面最大之損失。此種高等教育方面一直重視之學院編制，其特殊價值在於規模不大，同一學系之師生人數不多，品格知能，薰染濡沐於師生頻繁親切接觸之中，比大規模之學系，易收教育效果。又以一學院之中人文、自然，與社會學科同治於一爐，各系科學生術業雖有專攻，但與其他系科師生時有觀摩切磋，胸襟因而擴展，見聞不致狹陋，造詣不至偏固，實合於完人教育與博雅教育之理想。且通識教育 (General education) 因各學科師資教材與設備具備，易於推行。就實際而言，此種 Liberal arts education，實卽通博與專精兼重、品格與學術並顧之高層通識教育。其功能豈一單科學院所可取代？至於多科並設、學生分系分院可以展遲、選擇輔科，與專科轉系，較單科學院更多便利，其價值亦屬顯然。

富爾敦委員會在其報告中，殆已預料將有以各基礎學院課程彼此重複爲藉口，而倡議「學系整合」者，故在報告書第九十二節中指明，倘爲避免課程重複而規定各基礎學院專授一類課程，互不重複，實爲不幸。報告書第九十三節更重複申言：「吾人反對由一基礎學院專授一類課程，例如自然科學課程，中國文史課程或社會學及現代學科課程。吾人亦反對每一基礎學院均同授各類課程。吾人認爲每一基礎學院之課程，均應包括中國文史、英文、自然科學、及其他學科中至少一類，例如社會學。」

富爾敦報告書明明主張，各基礎學院維持爲一 Liberal arts college，反對歸併三院相同學系。有人尙謂「富書」主張院際教學，有導致學系整合使各基礎學院各專一一類課程之意向，其爲曲解「富書」，實屬顯然。

5.更就大學教育之趨勢而言，以美國爲例，Liberal arts college 原爲十九世紀後半期以前美國大學教育之理想範式。十九世紀後期，美國受德國式大學之影響，始漸趨向大規模大學之範式。甚至有 Multiversity 之產生。師生人數增多，舉行大規模之班級教學，師生關係因而疏隔。各學科之分別愈分愈細，各有專攻而少有融通，通材達識，無由養成。一偏之見，盛行學府之內。彼此扞格不通，以至風潮迭起。據美國「加尼基基金會」之高等教育委員會（The Carnegie Commission on Higher Education）之報告，受學潮之影響最少者，爲 Liberal arts college。且有一部分教育家主張由大學之大規模制度回復此種制度者。其實在此以前，美國已有若干優良之 Liberal arts colleges，寧願維持原有之優良傳統，而不願擴展爲大學者，如 Swarthmore 及 Dartmouth 等校即其著例。其他大規模之大學如哥倫比亞及哈佛等校，鑒於大學之日趨偏專亦已紛紛酌取 Liberal arts college 之傳統而提倡通才教育。甚至以專授理工學科著名之麻省理工大學（M.I.T.）亦於理工科而外，增加人文與社會等學科如經濟哲學心理學等，使理工學生濡染於廣博學術空氣之中，而成爲通才。而 Princeton 大學及哈佛等校除於一、二年級實施通才教育外，並於三、四年級鼓勵學生選習其他科系學科，特許其成績不與本系學科成績平均計算。此種由約返博注重學科間之相互關係（Inter-disciplinary relationship）之一般措施，與中大改制小組所建議之「學系整合」，及單科學院辦法，恰成反比。

美國之大學體制，由最初盛行之小規模Liberal arts college 衍變爲德國式之大規模大學。最近鑒於大規模大學之缺憾，正趨向於一種折衷方式，即在大規模大學之中盡量維持 Liberal arts college 之優良傳統。上述哈佛等校之新措施，以及若干高等教育專家之見解，已表現此趨勢。惟最具體之表現，莫過於加州之 Claremont Colleges。此爲六個設在 Claremont 之院校所合成。有一中央組織爲協調與計畫之中心，其功能大致如聯邦制大學之中央建制。各院校均爲自主之單位。各院校中除一研究院與一理工學院外，其餘均爲設有大體相同科系之 Liberal arts college。各院學生可以在他院選課。其合格之畢業生，即可升入研究院進修。各院校與中心機構分工合作，成效卓著。並未採取所謂「學系整合原則」，使各科系相同之三個學院合併改組爲各個單科學院。同樣之具體實例爲加尼福尼亞大學設在 Santa Cruz 之校園（campus）。在此校園內，在大學行政中心而外設有科系大致相同之數個學院，彼此毗連。各院科系之注重點，雖略有不同，但各自成爲 Liberal arts college，從未有人杜撰學系整合原則，倡議合併改組使成爲各個之單科學院。

6.學系整合原則不僅損害 Liberal arts college 之教育價值，且與世界大學集中而分散之趨勢相違悖。此種趨勢，在前次中文大學校董會開會時，外地出席之各位董事，已有相同之闡述。（惜乎大學之紀錄省略甚多）證以實際之事例，如美國大學由集權之Multiversity system 漸分權爲 Multicampus。如巴黎大學之由一校而分爲十三校。如加拿大之 University of Alberta 之一分爲二，皆屬由集中而分散。且在其分散時，並未將原有之科系加以歸併，分別派入各校，而仍許各校間有相同之科系。巴黎大學之十三校，皆在巴黎市內或近郊。相同科系設在不同學校者，爲數甚多。只以東方學而論，卽在三校同設。其他 Liberal arts 之在多校同設更不勝舉。如果中大改制工作小組所主張相同系合併，使師生人數增多而成爲強大之學系，卽可發揮更多之教育效能之說，屬於正確，則巴黎大學化整爲散之時，何以不採取學系整合之原則？倫敦大學成立之後新增之醫學院卽有多所，何以不加以「整合」？美國之 Barnard College 與哥倫比亞大學僅一街之隔，因採取男女同學制度與哥大成協同體，何以仍保存爲一 Liberal arts college 之整體，不與哥大作學系之整合？至於牛津與劍橋兩大學其成員學院，規模並不大，且多互相毗連，何以各自主辦一部分之本科課程教學，而不作學系整合？此皆由於在歷史的原因而外，復有教育的原因。蓋集中統一，非但有違教育原理，且違反高等教育之健全趨勢也。

7.如依學系整合將三學院之相同學系合併爲一，依其性質分配於各學院，則各學院因合併改組之結果，在一個學院內勢必有三分之二之教員學生來自不同之學院。此種大混合，鑑於過去中外學校改組合併之經驗，將難免人事之糾紛。在香港現狀之下，宜在安定中求進步。實不宜使全大學三分之二之員生變換學校而引起不安。即使倖免糾紛，則來自不同學院之員生必須經過相當之時間，始可互相適應，勢必因此減少教學之效率。且各系員生過去擇校本係出於自由意志，如合併改組，大多數將被動分配於非原來志願任教或受教之學院，勢必影響其情緒，亦必影響教學效率。此種無形之損失，實爲學系整合之過大代價。縱令改組有何得益，而所得是否能償所失，實一大問題。

8.工作小組在初步報告發出學系整合之主張後，引起社會輿論之批評，謂將阻塞其他學院加入中大之門，違背設立聯邦制大學之初衷。因而在總結報告中，主張新學院可以加入而保存其原有組織。此種主張明明爲減少對於其改制之反對而發，與學系整合之原則實自相矛盾。且對於新加入者可以准其保持原來組織，而對於已加入者可以不遵信約而主張加以改組。公道何在？再者，對於已有協約與法規保障之基礎學院尚可主張加以改組，孰能保障新加入者將來不遭此同等命運？浸會學院謝院長發表談話，謂不能因加入而改頭換面，殆已有見及此。似此情形，照學系整合改制，仍將使有資格之新學院望大學之門而生畏，而社會勢必對政府施增設第三大學之壓力，而可能增加納稅人之負擔。

9.工作小組在以學系整合改革大學根本體制之前提下主張大學與學院分權，以保障學院之權能，並主張教師治校，以表示減削大學行政權能之善意。其實小組所標舉之大學與學院分權原則，原爲富爾敦報告所建議，大學法規所具體表現者。大學現狀之趨於中央集權，乃由於大學之若干措施，未能嚴守法規。現欲補救此缺陷，只須大學主管機構責令大學及學院嚴遵法規，並在權責配屬未盡顯明部分加以具體畫分卽可；並無根本改變學院組織，作爲換取一部分實權之必要。

欲達到大學與學院分權，不但無需改變學院組織爲學科本位制或學院本位制，並且如實行學科本位制或學院本位制，更將減削學院在聯邦制中之力量與地位，減去與大學本部作分權制衡之力量。在聯邦制下，各基礎學院各自爲一整體，有其信約上之保障，亦與歷史傳統之地位。且其內部組織中科系眾多，合成一體，爲一有力之單位，可有充足之道義與教育與學術力量，與中央組織制衡而保持聯邦分權之均勢。如依小組之建議，支解有歷史傳統各基礎學院之整體，僅成爲大學之各部分，自然不能成爲聯邦組織之有力單位。且小組建議以各個學系爲改組後各單科學院之教學與行政自主單位。此種院內原子式之學系組織，將由各個 Departments 演變爲各個 Compartments，而使學院失去統一性，自然更減損其對外之力量，所謂以改組後之學院組成聯邦制大學，可以使大學削權，學院增權，能以保證聯邦制之理論，實屬不切實際之天眞想法。

關於教師治校原則，在各基礎學院之組織法規以及大學之組織法規中均分別對於教務會之職權有所規定，而教務會卽爲各教師行使治校權力之機構。現在大學部門有行政役使教學與研究之趨勢，乃由於未遵守法規而起。校正之法，在責令校院當局嚴遵法規，亦無需變更學院組織。

10.以上係就教育觀點論「學系整合」之弊失，認爲實不應，亦無須，依此原則改變大學及學院之根本體制。但中大爲社會公眾出資辦理之大學，納稅人之金錢耗於大學者不少。考慮大學體制，亦應從經濟方面著眼。依中大組織條例，及各學院組織法辦理之中大，是否因聯邦制而多費公款？此種考慮，中大改制工作小組僅偶然涉及。

該小組所建議之學系整合辦法仍主張維持形式上之聯合制，並未從減少經費著眼；但爲公共利益起見，吾人以納稅者之身分不能不對此加以考慮。

聯邦制大學較單一制大學多費公款，此爲主張改制者常有之藉口。卽社會公眾亦不免有一印象，以爲中文大學除本部而外，另有三所學院，有四重之開支，必較單一制大學之開支有大量之增加。何如合併爲一體，以節省納稅人之負擔？此種想法實因未悉大學實況而起。大學經費支出之最大項目乃教員之薪金；而教員薪金支出總數則決定於學生與教員人數之比率。聯邦制大學依同一比率，並不比單一制大學增多教員人數，故亦未因此而增加教員薪金支出。其惟一項目可能使聯邦制大學開支較大者則爲行政費用。其實行政費用亦與學生人數有關。關於學生註册與輔導以及校舍維持與各項雜支所需之人事與財務費用，其大部分亦決定於學生之人數，此在單一制與聯邦制並無區別。其惟一較增之費用則在聯邦制大學，由於基礎學院之分設，必略增極少數之行政主管人員與文員，但依約計，此增加之人數每校不過數人，合計不過二十人，在中大行政人員近五百人之總數中爲數甚小。此等必須增加人員之薪金，在整個大學經費總數中亦占極小之成數。此在大學與各學院經費預決算中有數可稽。最近各基礎學院依照節約的辦法，學院校長已兼上課。行政主管及文員，人數並已逐年裁減至最小限度。故因大學聯邦制而對經費支出必有之增加，在大學每年支出中實屬甚微。以此微少之經費而獲得因聯邦制所產生之種種教育價值，實屬最合於經濟原則。蓋經濟原則並非等於減少開支，在於能以最小之代價取得最大之效果，而維持大學之聯邦制正與此原則相合。此種事實應可澄清大學聯邦制大量增加經費開支之誤會，亦可杜塞主張集中統一者之藉口。因此從經濟觀點考慮，亦未見改革大學聯邦制之理由。

11.綜上所論，工作小組關於以整合學系原則改變各基礎學院組織之建議，旣背信壞法，又無充足之理由，勢將發生種種不可克服之困難；且對於大學教育造成種種積極之損害，實不足採取。中文大學之一切興革，直接關係衆多員生之學習與研究，與中國文化之前途，間接關係香港數百萬人之福利。自未可以此重大利益，徇少數人之可能之成見與偏見，而隨意更張。至於報告書中建議維持聯邦制，大學與學院分配權責，以及教授治校，使教學與研究較大學行政增加比重，在原則上原爲現有法規所規定。只須在現制下，加強法規之執行，卽可實現此等原則，無須大事更張，對現制作不必要之改變。

至於大學教學與行政，因未嚴格執行法規所生之種種現象，如何改革，使納入正初衷，對現狀作詳盡之檢討；並作一公平允當之建議，爲改進之根據。香港高等教育之前途，與萬千青年之幸福，實利賴之！

軌，吾人熱望將來之富爾敦委員會，尤望富爾敦勳爵一本建議設立中文聯合大學之

杜威教育學說西班牙文譯本題記

右爲余法文原著「杜威教育學說」西班牙譯文之影印本。原著初版於一九三一年始刋於巴黎。烏拉圭國教育部於其刋行之次年卽譯爲西班牙文，刋載於教育全書，於今歷三十有一載矣。余於今春始悉有此譯本，卽請友人蕭瑜博士訪求於烏拉圭國立圖書館，以縮影膠片攝影寄來香港，復經擴大攝印而成右本。余以一中土人述美國學者之學說而以法文出版於巴黎，復由烏國教育家以西班牙文傳譯而刋行於南美，以文字之因緣，成士林之逸話。著作本身之價値雖無足多論，而其間曲折經過有足紀者。

余以一九二〇年始負笈於南京高等師範學校，專習教育學。時杜威博士方講學中國，而南高校長郭鴻聲先生，及教育科主要教授，均出杜氏之門，故南高教育理論之講肄，杜氏學說蔚然成正宗。其所著「民本主義與教育」，尤爲余百讀不厭之經典。在校時已偶就心得有所述作，發表於教育雜誌。一九二八年余赴法國入巴黎大學從福谷奈教授 Paul Fauconnet 游。福氏爲涂爾幹 Durkheim 之嫡派。繼涂氏主巴黎大學之社會學與教育學講座，同時爲新教育同誼會 New Education Fellowship 法國分會會長。新教育同誼會者，乃宣揚新教育之國際組織，而所謂新教育之理論，則與杜威學說多相呼應者。福谷奈先生以此素重杜氏。其時在法國關於杜氏之哲學已有評介，關於其教育學說之介紹，在法文著述中僅有比國教育家德可樂利 Decroly 所譯杜氏之思維術，How We Think 與瑞士教育家克拉巴柔德 Eduard Claparède 關於杜威教育學之短篇論述。對於杜氏教育學說作系統介紹之著作，尙付闕如。福谷奈先生指導余作博士論文時，知余素習杜氏教育學說，卽囑以此爲題。適一九三〇年巴黎大學以福谷奈教授之推薦，授杜氏以名譽博士學位，杜氏來法受學位，福谷奈教授介余見杜氏請益。承對論文大綱有所指示，並荷允許譯其所著「我之教育信條」爲法文，作爲論文之附錄。其後余對論文苦心結撰，於一九三一年春季完稿。法國大學之博士論文，例須於考試前刋印。余以私費游學巴黎，其時法郎滙價增漲不已，生活費用已不繼，遑論論文之印刷。點金乏術，繞室徬徨，幾於輟學歸國矣。適同時隨福谷奈先生作論文之美國雅倫夫人 Mrs. A. A. Allen 悉其事，而其兄適爲美國某基金會遣派來歐察訪學問有造詣之學生，而予以獎助者。雅倫夫人介余於其兄而得全部之論文印刷費。余妻倪亮女士同時在巴黎隨心理學權威皮治庸教授 Henrie Piéron 作博士論文，亦以雅倫夫人之助而能刋印其論文。余兩人之論文均於一九三一年六月印成，並於同一日在巴黎大學應論文口試通過而獲學位。是日福谷奈教授同爲愚夫婦之口試教授。在試畢後致賀，謂此非但爲愚夫婦之論文試，且爲一結婚之禮式云。事後論文庋藏巴黎大學圖書館。館中卽將兩論文合訂爲一册。留法同學一時傳爲佳話。使非有雅倫夫人之同情推薦，美國某基金會之慷慨資助，與福谷奈先生之循循善誘與美意玉成，則愚夫婦論文將無問世之日，而學位亦無由倖獲。此時追懷經過，對於盛意助我者實不勝感激之情。所可憾者吾師福谷奈先生與雅倫夫人僅余於一九三七年重游巴黎時得再晤。其後不久，福谷奈師卽捐館舍，而雅倫夫人屢經通函而無覆音。想亦不在人世。回首師門，愴泫無已。

余之論文問世以後，德國「國際教育雜誌」卽有書評，謬加稱許。其後法國施屈斯堡大學 L'Université de Strasbourg 校長余俾爾博士 René Hubert 於一九四九年出版「教育學史」L'Histoire de la Pédagogie其中關於杜威學說之評述，多引據余之論文。比國魯文大學教授德賀夫博士 Dr. Fra. De Hovre 與卜柔客斯 L. Breckx 教授合著之「當代教育學大師」Les Maitres de la Pédagogie Contemporaine一書中，將余譯杜威之「我之教育信條」全文轉錄。余之論文於出版後漸獲法文著作界之重視，實非始料所及。美國方面對於此論文之注意，則始於卜柔克門教授W. Brickman 於一九四九年十月在「學校與社會」School and Society 發表「教育家杜威之國外聲譽」John Dewey's Foreign Reputation as An Educator 一文。文中所述杜氏在中國之影響，多以余論文所述爲依據。自玆以後，美國教育界漸知有此作。迨一九六一年余在「美國教育論壇」Educational Forum 出版五十周年專號中發表「杜威教育理論與實施價值之重估」A Re-evaluation of the Educational Theory and Practice of John Dewey 一文以後，余三十年前之論文連帶引起注意，而湯姆斯 Milton Halsey Thomas 所編一九六二年增訂之「杜威著作總目」第三篇有關杜威之著述目錄中，已將余一九三一年之論文，連同一九六一年在教育論壇發表之論文一併列入，知者亦漸衆矣。

初，余之博士論文出版後除呈繳巴黎大學庋存並由校轉送歐美各大學作交換外，所餘各册均寄售於巴黎之沃仁哲學書店。La Librairie Vrin 此書店除經銷哲學書籍而外，並印行哲學專著。余之論文售罄以後，時有索購者。書店主人無以應。適一九五九年爲杜氏百年誕期，而一九五八年「國際文教科學組織」Unesco 開大會於巴黎，余備席代表。巴黎大學同學久居法國之周麟博士亦與會，慫恿將余論文再版，作爲翌年杜氏百年誕期之紀念。沃仁書店主人經周君商洽，忻然願考慮，將論文送請哲學家捷爾生教授 Gilson 審查，認爲有重印之價值，遂於當年再版，並收入有名之「哲學史叢書」。Bibliotèque d' Histoire de la Philosophie 此叢書之著者多爲法國之哲學家，巴黎大學之哲學教授。其尤著者如鄂庸、Aron(R.)，布屈如、Boutroux(F.)，白柔治、Brehier(E.)，捷爾生、Gilson(L.)，顧維基、Gurvitch(G.)，樂泊達、Laporte(J.)，邁治孫、Meyerson(E.)，門克、Munk (S.)，巴若的、Parodi (D.)，渥爾，Wahl (J.) 皆法國過去或當代之哲學權威。拙作得與諸名著並列，實感非分之榮幸。當此論文再版時，「國際文教科學組織」秘書長艾文思博士 Luther H. Evans 以此著爲國際文敎合作之象徵，忻然爲作序文。文中謂「以一中國學者於距中土萬餘里之巴黎，以法文論述一美國敎育家之學說。在懷疑國際文敎合作之可能者觀之，爲事殊不類。但此等懷疑者試讀此論文，應深覺作者對於杜威思想與法文優點，均能充分表達而無差違。在此分析性之論著中，杜威之學說得更確實之表述，而法文亦藉作者之文筆而益顯其泛應曲當之優美特性」。艾氏之言獎飾踰分，實不克當。惟彼以文教科學組織秘書長之身分而爲此過奬之言，實以其所服務之機關之宗旨在合作，凡文教合作之事，無論鉅細，應皆在揄揚之列耳。顧使艾氏當時得知此一區區著作在多年前更有西班牙譯文刋行於南美，則將更增其忻悅之感矣。緣余於一九六三年春初以亞洲協會之資助赴支加哥出席杜威學會 John Dewey Society 年會，得讀前述湯姆斯所編杜威著作總目，見其第二篇有關杜威之著作目錄中列有余之論文。在其標題下復記有西班牙譯本。譯者爲潘柔大 A. Jover Peralta，出版地點爲烏拉圭國 Uruguay 之京城孟都。Montevideo 事隔三十餘年，余始獲知有此譯本，不勝驚喜。事之尤出意外者，余以一九五四年固嘗代表中國政府出席「國際文教科學組織」大會於孟都，並曾參觀庋藏此譯本之烏國國家圖書館。當時竟因不知有此譯本而交臂失之。一九六三年余自美返香港後，亟思訪求之方。因念及友人蕭瑜博士在南美弘揚中國文化，歷有年所，一九五四年國際文教科學組織在孟都之會，亦曾參與。其時我國原設在日尼瓦之國際圖書館已遷設烏拉圭孟都國家圖書館內，由蕭君主持中國館館務迄今。如以訪求之任相託，必多利便。經去函試請，未兩月而蕭君覆函至，拙作西文譯本之縮影膠片，赫然附在函中。此影片乃就烏國國家圖書館原藏譯本攝製而成者。原譯本係烏國教育部所印行。主其事者爲師範及初等教育司司長羅守博士 Santin Carlos Rossi 及該部之師範及初等教育評議會。出版主任爲沙柔禮君

Humberte Zarrilli 。編譯員爲加斯特禮君 Carlos A. Castelleei。而實際執筆譯述者則爲潘柔大君 A. Jover Peralta 。原譯文分期刊入教育部出版之「教育全書」Enciclopedia de Educacion。自一九三二年六月始載至同年十二月，分兩期載完成，爲教育全書之第十二卷。出版處爲孟都。印刷者爲烏國國家印刷局。余之原著第二篇論杜威之教育學說爲全書之中心。該篇除論杜威之影響之第九章未譯外，其餘八章均全譯。原著前言敍杜氏之生平及其著作，首篇論杜氏教育學說之哲學基礎及附錄杜威之教育信條均略而未譯。據蕭博士函中言，譯本係作訓練師資之用故僅譯原著與教育實施最有關係之篇章而成此譯本。影片寄到，經在新亞書院顯微閱讀室映閱以後，復就原片放大攝印，遂成右本。原著成於三十餘年前。此過去悠長之歲月中不僅研究杜氏之各家著作，汗牛充棟，卽杜威本人及其宗派之教育思想，亦多所演變，而其聲譽由盛而衰，尤有今昔之殊。此區區舊作本無足重，惟以此作有關中、美、法、比、烏及拉丁美洲其他諸國之知識交流。所涉之文字凡四種。所及之地域凡四洲。此如在汪洋學海投一細石所生之微瀾。其曲折經過，不乏一敍之趣味。加以此書自原著之撰作出版，以迄譯本之訪求與轉印，諸賴師友之啓迪與玉成。其高誼厚情，應有銘記。至於個人學問事業之微有成就，亦以此作爲樞紐。自述其甘苦，亦所以勗勵來玆。爰就原著之西文譯本題記經過如右。倘不以自珍敝帚而見譏大雅，則幸甚矣。

民國五十二年七月記於香港九龍寓廬

題盧冀野遺札

右故友盧冀野致愚夫婦手札，爲民國三十九年由其弟轉致者。時余于役九龍，得書曾倩其弟代致拳拳。其明年，聞冀野以不勝迫害，憂懼成疾，卒於首都。不久余移家臺員。隨於某期刋中見載冀野事迹。有以冀野陷匪所作詩歌未免劇秦美新之嫌而加以指責者。其時余深知冀野之心志，未能爲之表白，至今耿耿於懷。頃閱「珠林」絜生所爲壽于院長短文，述及與冀野同編民族詩壇往事，不禁愴念故友。因檢書篋出其遺札，再讀一過，棖觸萬端。札中所述閉戶自守，以前朝遺𡿨自居，並暗示收京再見之不遠，以及深憾羈留之未能高飛，其弟言冀野實數次潛離京滬，思赴港，均爲緹騎所阻。固明明表示其身在陷區而心存魏闕也。被迫作頌禱之詞，誠文人之悲劇。但畧跡原心，何忍深責？絜生聞有此遺札，欲以布之「珠林」，並囑題記經過，因書以貽之。嗚呼，冀野昔函告存，於今下世忽忽八載。骸骨且爲爨薪，遑論墓上宿草！回首白門，曷勝黃罏之痛？惟覆巢之下，更無完卵。親朋故舊昔羈陷區者，無論生死，均同淪鬼域。余臨文愴懷者又豈僅冀野一人而已耶？

跋李研山臨宋釋巨然江山晚興長卷

徐亮之夫人趙湘琴女士畫家出示所藏李研山臨宋釋巨然江山晚興長卷，余幸獲觀賞之快。李研山爲粵省畫家，名重當時。所爲畫遵依傳統，但亦不隨前人爲俯仰，故獨得佳趣。此畫雖臨釋巨然名作，但其筆致於工整之中，時露空靈活潑之意趣，絕不拘泥刻畫致流於板滯。具見高手之作與一般臨摹者有異。其爲佳品，雖非專家亦能認定。據湘琴女士述得此畫之經過，亦有可書者。緣巨然原作原爲書畫藏家金匱室主人陳君仁濤所藏。研山深愛此畫，因就金匱室臨摹。畫成爲陳君所激賞，遂慨贈陳君，與巨然原作竝藏，未及署名，研山卽逝世。徐君亮之工詩善畫，見此卷備致讚美。金匱室主人又以贈亮之。亮之捐館，遂爲湘琴女士所藏。女士亦爲名畫家。得此名畫，珍惜不輕示人。余獲展觀，既賞名畫，又以此卷子數次易主，均歸名家，未落俗人之手，實爲厚幸。而其轉手之曲折，良由於同道相重，翰墨結緣，諸與其事者之雅人深致，亦可風也。因書數語以誌經過。倘不以附庸風雅見譏，則幸甚矣。

跋文文山書唐人古劍篇

老友俞守先教授出示所藏文文山書唐人古劍篇。書原爲文相後人家藏，曾經進呈明崇禎帝御覽。其後展轉流傳數百年，乃歸守先。書之前後有宋犖及黃彭年題跋，均鑒定爲眞蹟。余敬觀原書端正嚴肅，正氣充沛。信乎忠臣墨寶，不同尋常書家也。

跋夏將軍建寅千字文草書

我國名將以畫名者多有而以書名者較尠。世人所傳者如張翼德題字，岳武穆出師表等，均筆力馳騁，辟易萬人，極縱橫飛舞之致。蓋武略功深，見於書法也。夏將軍建寅百戰中原，功在國家而退藏於密。惟不忘八法，尤精於草書。余獲觀所書千字文，其書法於矯健挺秀之中復寓高雅清雋之韻味。蓋文武兼資，剛柔相濟，駸駸乎駕前修而上之矣。敬觀之餘聊，跋數語以誌景佩。存此者其善寶之。

林建同先生書畫潤例小引

文章書畫之有潤例，由來久矣。潤筆實所以潤屋。蓋藝術家不事家人生產，生活多淡泊。以作品收入聊爲改善生活之助，取不傷廉，亦無傷於風雅也。元之畫家王元章曾以畫梅換米餬口。徐青藤追踵前修，亦有「予今換米亦梅花」之句。至鄭板橋自訂潤例，亦有詩謂「畫竹多於買竹錢，紙高三尺價三千。任渠話舊論交接，只當秋風過耳邊」，清末民初海上遺老訂書畫潤例，亦多弁以類此妙句。藝術家率眞可喜，情態躍然紙上，實藝林之佳話也。嶺南林建同先生爲書畫名家，譽滿中外，尤以畫梅爲當代獨步。自旅香島以來，求畫者日眾，戶限爲穿，不勝應付。先生友好爰代訂潤例以示限制，俾不致碍及先生創作研究與教學之常業。若云以此換米，固非先生之意。然亦未嘗不可以潤筆者潤屋，更進而潤身，爲梅花書屋復增佳趣耳。建同先生之藝精品高，爲余所夙重。爰不辭譾陋，爲其潤例作小引，以諗大雅君子。

詩錄

謁羅斯福總統墓作 依杜工部謁諸葛武侯祠詩原韻

域外神山不可尋，故園松柏自蕭森。憲章海上留長策；閒話爐邊記播音。際會風雲推共主；盱衡寰宇幾知心？斯人不作蒼生痛，憑弔歸來淚一襟。

赴波士頓車中

楊柳青青草色黃，輕車如矢入蒼茫。遠山燈火見城市，猶是英倫舊景光。

重遊熊山感賦

花枝照酒鬢如絲，光景依稀似昔時。世事不隨人意改，滿山紅葉漫題詩。

紐約州佐治湖松廬口占

蒼松千頃接風煙，佐治湖邊別有天。雲霧空濛初雨後，湖光山色兩茫然。

紐約寄內四首

廿載結褵共苦辛，別來相憶倍情親。中年哀樂尋常事，臏有微軀各自珍。
淡泊心甘志未摧，牽蘿補屋羡君才。年年兩鬢添華髮，桃李滿園復自栽。
汪洋萬里憶同遊，此日孤行兩地愁。回首鄉關何處是？悠悠長夜數更籌。
江城時節正芳菲，千仞樓台薄翠微。過眼繁華成幻夢，梁園雖好不忘歸。

紐約客中述懷答李幼椿社兄步原韻

海外寄塵迹，經春復歷秋。身閒心更苦；形獨影猶愁。未解隨時尚；可堪付濁流！羽毛知愛惜，歲月任優游。

自加拿大乘車返紐約候船東歸車中賦別美洲諸友

又上長征道，客心似轉蓬。車行風雪裡；人在畫圖中。歸意懸飛矢；離情繫晚鐘。萍踪難久聚，明日各西東。

紐約赫德孫江干贈送別諸友

萬里征程一葦航，可憐送客在他鄉。江流不解別離意，那與行人論短長？

過巴拿馬運河作

鑿山施鬼斧，大陸竟通航。疇昔蠻荒地；今朝貿易場。兩洲分一水；半日涉重洋。人力天功奪，戒之在恃強。

巴拿馬科隆埠書所見

綺麗風光未夜天，紛紛歌舞雜尊前。袖香薰得游人醉，坐罷更殘不羨仙。

太平洋舟中追懷美洲諸友

酒痕詩境渺如煙，此日追懷一惘然。萬里歸舟相望遠，不知後會是何年。

太平洋歸舟過日本詩以哀之

三島地猶昔，重過事已非。百年圖霸業；一彈釋戎衣。國破君臣辱；城墟艸木稀。覆亡嗟自取，海上弔殘暉。

病除出中央醫院，賦謝姚院長暨外科吳主治醫師，並告慰諸親友

疾起渺無因，瀕危與鬼隣。銷炎忻奏效；辨證歎通神。攻內刀圭省；滌邪腑臟新。醫精明政理；病久識情眞。妻子憂勞甚；友生濡沫頻。如何酬眾惠？振奮作新民。

丁亥元日奉和曾慕韓社長試筆詩

丁亥元日陳修平兄在京邀宴，座中多少年中國學會舊友。曾慕韓兄出示元旦試筆詩囑和。敬步原韻奉酬，並簡修平、君怡、景陶、漱逸、諸兄

梅庵雅集記當年，一曲廣陵散若煙。（少年中國學會最後一次集會係在東南大學梅庵。余被推臨時主席。會友政見互異，深愧未能平亭衆議。此次會後，少中遂成廣陵散矣。座中追懷廿五年前事，相與慨嘆。）謀國敢辭叢詬謗；收京忻看下樓船。廟堂事業胸中策；兒女情懷枕上篇。（慕韓兄新續絃，有定情並度蜜月詩。）待得河清海晏日，共君酒醉杏花天。

庚寅五十生日述懷

四十九年是與非，天心人意總相違。依鄰肯負平生志？去國深悲游子衣。莽莽神州千

劫換；茫茫滄海一身微。憂時愧乏匡時策，何日收京好賦歸？

送顧一樵先生赴美講學，步任東伯韻。時同客香島

去鄉人益賤，何處是春臺？正氣胸中在；淸風海外來。鷄鳴猶起舞；蚊聚竟成雷。奮翮高飛遠，詩篇萬里裁。

東伯原作

行歌吾避地，忍上宋皇臺？帝子風流盡；王孫板蕩來。九龍騰大野；五馬奮驚雷。落日隨君去，新詩海外裁。

辛卯生日疊庚寅述懷韵

平生志事未全非，用舍行藏幸不違。島上棲遲存勁節；天涯行遍卸征衣。思親游子悲何極；忍死災黎息已微。樂有賢豪勤國是，中原收復好同歸。

青山中學校歌

一

青山青，青青學子衿。
廣廈連山起；名師海外尋。
青山氣象何森森？多士濟濟待裁成。

二

青山青，青青學子衿。
敦品勵壯志；樸學見道心。
青山氣象何森森，但聞鼓瑟與鳴琴。

三

青山青，青青學子衿。
健兒顯身手；名山開胸襟。
青山氣象何森森？華夏聲教有嗣音。

四

青山青，青山青，青山有校育羣英。
青山青，青山青，青山有校育羣英。

與李適生祁定遠同遊天輪發電廠卽浴溫泉

東南形勢擅奇雄，謂東勢南勢。矗立天輪奪化工。千斛黃塵今滌盡，看山忻與眾賢同。

丁酉東京大阪道中口占，呈中日合作策進委員會諸君子

一路櫻林花正開，芳菲時節我重來。十年再覩中興盛，兄弟提攜兩莫猜。

壽張道藩院長六十

松筠志節老彌堅，管領風騷二十年。議論縱橫天下計；胸懷磊落畫中仙。照人肝膽來多士；革命功勳邁眾賢。花甲忻逢邦有慶，斯年逢總統七十壽慶 先生何事謝開筵？

壽陳立夫先生六十

舉朝今日望湖林，公在美居Lake Wood 眾口悠悠昔鑠金。兩世勳名垂上國；七年絃誦感知音。乘桴益勵澄清志；披褐未懷怨懟心。白髮婆娑公自適，最難風雨聽鳴禽。

庚子自叙

吾生未逢辰，設弧在辛丑。憂患六十年，轉眼已成叟。憶昔髫齔時，兩親期許厚。束髮受詩書，鄉校親師友。師範初學成，舌耕以餬口。奮翮思翺翔；南雍終昂首。歐陸更遠游，學問窺淵藪。歸來擁皐比，抗顏七年久。大戰忽然興，壯士起甽畝。吾亦列部曹，敷教在道右。三次赴徵召，國難忍袖手？蜀粵與臺員，所在供奔走。卅載惟一心，守先以待後。老矣在江湖，自珍惟敝帚。可得買山錢，待種先生柳？

題鄉人朱振聲哀江南集

賸粉殘脂共劫灰，儒冠多少委塵埃？流離我亦江南客，哀盡江南復自哀。

為顧季高鄉長題勺湖教子圖

淮海文章數勺湖，傳經三世見遺模。故家喬木今存否？千里鄉思繫此圖。

輓朱騮先先生

港旅猶如昨，凶音忽報聞。哀聲驚魏闕；遺愛繞朱紘。垂世勳名在；貞心松柏堅。九州嗟未復，撒手恨難填。

伍叔儻教授輓詩

長夜何時旦？斯人獨苦吟。陽狂非素志；兀傲幾知心？噩耗驚黌舍，遺篇重士林。廣陵成絕唱；空谷有餘音。

母舅薛耿光公謝世忽忽踰三載矣，每念深恩，悲不能已，長歌以寫吾悲

三年忍悲悲無已，渭陽情深每涕漣。外家六十年來事，事事歷歷到眼前。童年隨母薛

窘住，舅妗姨母爭愛憐。提携捧負惟恐後，美食美衣供我先。昔日孩提今白髮，世事無常人境遷。六親沉淪我倖活，大德何曾報細涓？舅氏恩義尤深厚，諸甥盈階許我賢。望甥成名如望子，詩書共讀三絕編。鄉郊春秋多佳日，同出同游許隨肩。門戶獨撐半耕讀，中年以後更逃禪。寇至骨肉多離散，老母再依得保全。勝利東歸悲失恃，白門來奠禮意虔。杖履追陪未多日，漫地忽復起烽煙。倉皇南遷又睽隔，音問斷絕年復年。魚雁轉折知健在，寄來肖影清若仙。諸親尊長俱謝世，天遺一老獨巋然。方期收京再隨侍，噩音忽傳館舍捐。公登耆壽應無憾，孺慕無依恨難填。恨難填，淸淚一滴可能到九泉？

開國元勳黃克强先生逝世五十周年，國人在臺北集會紀念，其女公子振華委員與婿陳維綸博士來函徵文，敬賦兩絕

興華大業起三湘；留得黃花萬古芳。赴義爭先何慨慷？完人典範自堂堂！

大將星沈志未償，至今父老說孫黃。河山歷劫無涯恨，賸有詩書世澤長。

與章友三聯句調盧冀野新任參政員時同客漢口璇宮酒店

一從參政入璇宮，俊昨日今朝大不同。不是江南諸父老，友依然落拓一詩翁。俊

民國三十八年京滬車中與任東伯聯句

一輪明月送君行，俊別緒愁懷觸景生。東文采風流今已矣，俊金戈鐵馬動神京！東

庚戌自敘十首

七十古來稀，耆耋今多有。馬齒日加增，老大何所守？讀書尚古人，涉世存忠厚。

用舍愼行藏，取與嚴辭受。悠悠歷歲時，所守期不負。賢良未易登，但願少悔咎。

我生自寒家，家世安儒素。先祖青一衿，先公場屋誤。累代事舌耕，食貧惟德裕。

餘蔭逮子孫，志節勵貞固。母氏何劬勞！離亂年光度。白門悲松楸，何時得展墓？

貧賤百事艱，興家賴內助。子女教養成，我得蠲思慮。有子祖業承，力學名漸著。

奮翮思不羣，老眼望高翥。兩女俱遠游，成家各有處。何時聚故園？茫茫待天曙。

少小受詩書，嚴父兼外傅。稍長學爲師，鄉校跡暫駐。賓興至南雍，倖登扶搖路。

三年育英才，歐陸更邁步。學問天地寬，馳驅樂騁騖。師友多玉成，聲名得所附。

舊京擁皐比，教學誠相長。所遇多賢豪，氣象何泱泱？議論肆縱橫，令我心胸廣。

抗顏下帳帷，多士膺函丈。埋頭撰講章，後學庶有放。一篇廣流傳，徼倖微名享。
再作海外游，北美博諮訪。新知探本源，問學向宗匠。歸來滿烽烟，庠序半荒曠。
受徵入教部，遷地設帷帳。菁英萬千人，有教復有養。八年響絃歌，勝利終在望。
苦勝亦可悲，孔席未暇煖。再次奉徵書，流亡舟車滿。播遷到巴渝，國運游絲斷。
倉皇辭陪都，香島暫就館。蓽路啓山林，學統共承纘。作始雖艱難，程功未嘗緩。
赴難入臺員，餘勇尚可賈。人儔初置身，書館與學府。生事差可安，三徵入教部。
府主願力弘，輔弼多建樹。政海興波瀾，四年得解組。講學歸上庠，拋荒慚少補。
重行至美洲，更理杜威學。粟六二十年，再感讀書樂。述作初成篇，東來踐宿諾。
海外再弘文，十年振木鐸。往事歷艱辛，私衷終落寞。力竭卸仔肩，校事欣有託。
稀年話生平，理得心自泰。息影在山林，朝夕接芳靄。門少長者車，食有江南膾。
學問與事功，俱置八紘外。天地方混淪，安得返征旆。與婦共舉觴，樂生無怨艾。

壽陳立夫先生七十

立夫先生六十，余曾賦詩爲壽。今先生七十矣。十年一瞬，感慨百端。先生雖避壽，但忝在知末，宜有以賡續前什。爰步顧一樵先生詩原韵敬賦一律。支微韻通用，依原玉也。

世亂歎何之?·道高和者稀。絃歌存大雅；歲月託相知。謀國幾忘己；乘桴豈避危?
歸來頭盡白，逸興共鷁飛。

林翼中先生八十賦詩為壽

南天尊一老，避地擁青氈。敷教先庠序；司農惠陌阡。直聲騰議席；治績著華編。
厚德臻耆壽，開筵祝十全。

自新亞書院退休賦別諸同仁同學兩首

十年桃李已成陰，海外弘文共此心。今日仔肩忻卸卻，優游歲月在山林。

崇山麗水拓胸襟，求友嚶鳴樂好音。記取桂林艱困日，元龍豪氣莫消沈。

寄懷馬爾傑兄伉儷美洲，並柬陳克誠程崇道兩教授伉儷

己酉季秋，余在美洲。馬爾傑伉儷邀游所居小石城，盤桓五日。陳克誠程崇道兩教授聞訊，並自遠來會。極游觀之樂。余東歸後，爾傑兄為「小石城五日記」紀

其事。情文並茂，駸駸入古。爾傑以理工名家而精古文，可繼吾邑之文風。誠屬難能。余臨文興感，率成古風一言，用酬賢主人之雅意云爾。

吾邑文風盛，海外有嗣音。馬子何嬌嬌？文與理俱深。一別逾十載，成名鄉國欽。君復有佳婦，和鳴聞瑟琴。石城五日聚，高文紀悃忱。欵欵嘉會意，邈邈故園心。齊來歸筆下，鍊句如精金。潁川賢夫婦，聞訊遠道臨。抵掌譚今古，主賓孰商參？陳子耽文學，入古亦駸駸。我與諸賢列，異苔喜同岑。歸來百無狀，息影在山林。俊游時在念，離懷感不禁。萬里紉雲誼，酬答只清吟。

壽薛光前兄六十

講壇竝樽俎，多君俱擅場。憶昔巴黎會，莠言肆猖狂。巧運廣長舌，正義終得張。君本好星使，惜未展所長。海外弘文教，多士列門牆。孤懷存魏闕，忠貞見文章。頻作獅子吼，遂令天聲揚。虔誠奉公教，律身致休祥。婦賢家餘慶，蘭桂競吐芳。紐約時邂逅，兩代接謙光。我愧十年長，偷閒學殖荒。但願見盛世，與君共稱觴。

陳公達教授壽詩

吾愛陳夫子，桃李滿門牆。悠悠半世紀，黌舍發光芒。創業何坎坷？興復何堂堂？
秩滿潔身退，海外任徜徉。餘力昔從政，計術精且詳。財政與金融，數字積盈箱。
當道資參酌，施政臻小康。一朝河山改，所願未全償。君嘗游萬里，載譽歸故鄉。
泚筆事著作，煥乎見文章。「教育五十載」，紙貴在洛陽。續娶有嘉耦，才德比孟光。
庭階生蘭桂，中外競吐芳。老矣宜自逸，起舞樂未央。大年祝壽玫，倘爲晉一觴！

次韻奉和楊亮功尊兄生日偕家人游碧潭飲市樓得句

過隙駒光四十年，黌堂講席憶緜連。相期未負平生志；共濟時同逆水船。
柏署風操餘刼後；市樓絃管雜尊前。古稀我亦隨班末，海角棲遲誤綺筵。

蕭子昇學長獲臺北友人贈文化苦行僧石印賦此為賀

文化苦行僧，道高通儒釋。一柱擎南天，絕徼蒙教澤。孟都憶昔游，我嘗厠前席。
瞬息十七年，羡君事功赫。海外保國書，琳瑯幾萬册。教化及遠人，豈惟文章伯？
邈矣林下風，倡隨成陳迹。一意育英才，教學資重譯。高弟盈萬千，學問探淵賾。
吾道忻暨南，開山推巨擘。孑然一老翁，苦行勝墨翟。宣化歷艱辛，桃李芳菲積。

崇德泐尊銜，不朽共此石。

送雅禮協會黎代表天睦返國

海外故人來，故人今又去。賓主樂融融，去去一何遽？自君來芳洲，嬌嬌負時譽。
絃歌共夕晨，得道忻多助。多士來更番，樂育聲名著。農圃滿春風，詩書有餘飫。
淡淡君子交，緩急資依據。相知貴知心，久要在平恕。舉校惜君行，驪歌唱處處。
再來眾所期，命駕毋猶豫。

江良規兄輓詩

雄才偏不壽，天道竟何親？慷慨凌雲志；纏綿久病身。壇場存楷範；龍馬見精神。
故舊傷零落，呑聲在海濱。

壬子三月初七日先君百年冥誕感賦

百年冥誕亂中過，白首孤兒涕淚多。一善俱無堪祭告，傷心破碎舊山河。

山居遣懷

幽隱難消鎭日閒，報章讀破歎時艱。關懷世局情猶切；荏苒光陰鬢早斑。
老不如人寧自惜；事非由己怯相攀。燕居樂得悠然趣，看罷白雲再看山。

次韵奉和幼椿學長見贈三絕句並柬子纓兄

當年紐約共吟詩，客裡光陰繫所思。二十七年醒一夢，澄清寰宇待何時？
強顏曾共少年遊，好景清歌一例收。但得賞心多樂事，紛紛榮利復何求。
何地爲氓收一廛，置身宛在米家船。學書讀畫餘詩興，只待先生設綺筵。

簡子纓士選兩兄三絕句

李璜

把酒談詩，人生一樂。閉門覓句，頓成苦事。時値假期，憚於舟車。復課之後，當再奉邀。

兼旬一聚樂談詩，秋色春光繫我思。不學閉門窮賈島，吟肩孤聳夜寒時。
閒中愛寫昔年游，夢裏江山筆底收。何事獨憐霜後葉？詩心須向自然求。
大隱宿誇在市廛，喧囂却畏渡頭船。淸明寒食都過了，應有佳篇落綺筵。

壬子上巳東英樓修禊卽席奉和郭亦園詞長韵

鶯花三月趁良辰，離亂光陰總負春。千六百年風雅事，市樓禊叙屬詩人。

壽陳修平啓天學長八十

昔日少年盡白頭，謂少年中國學會健存諸會友黌堂曾與共吟謳。南州冠冕推班首；西楚精英出眾流。報國一心忘小我；尊經三世策嘉猷。文章經濟其餘事，桂馥蘭芳醉九秋。

宜樓秋宴和蔡念因主人原玉

名樓月月宴嘉賓，好客今人勝古人。几席清談忘老境；海天秋色擬陽春。飄零同是傷離索；憂患何堪付嘅呻？排遣千愁惟旨酒，不辭勸飲過三巡。

宜樓小春和蔡念因主人

金風吹暖小陽春，仰逐雲飛陌上塵。屢集名樓尋雅趣；多逢佳士慰離人。河山舉目誰爲主；道義擔肩孰與隣？世變紛紜何日了？恨無一策濟斯民。

壽包天白兄即用其壬子生朝感賦韵

蒼勁清高似古松，杏林小隱豈凡庸？活人壽世心腸熱；煮酒論詩趣味濃。文物多姿思閩海；風雲劇變惜吳淞。滄桑閱歷身猶健，難老同歌響九重。

賀梁和鈞先生八十雙壽並重諧花燭之喜

高風林下久欽遲，海外雙清絕世姿。不朽文章存信史；重諧花燭溯佳期。國光家慶同輝映；桂馥蘭芳共澤滋。南極兩星長熠耀，期頤再獻野人詞。

次和浦逖生兄見贈一絕

正直如君豈面諛？律身免作小人儒。前塵往事增惆悵，大局阽危孰翼扶？

口占一絕面贈吳士選兄　　浦薛鳳

譽君一句非誣諛，君是當今君子儒。猶憶巴黎文教會，危棋入角暫匡扶。

題龍放之將軍畫展

模山範水奪天功，筆下風雲動碧穹。自古將軍能畫馬，於今寫景亦稱雄。

壽方乃斌翁八十

南天皓首振斯文，八秩猶然張一軍。詞史千家人競誦，更欽政績著榆枌。

壽劉季洪兄七十

恂恂劉季子，門牆滿桃李。祭酒近廿年，敎澤誰與比。汴學始振聲，長安造多士。行都長國庠，更復增前美。廣厦千萬間，矗矗連雲起。昔日一荒村，今成大學市。學科日恢宏，文哲竝科技。政治挈其綱，萬方同一軌。國際著聲名，合作遍遐邇。十載大有成，我歎觀止矣！溯我與君交，忽近半世紀。君本北方強，吐茹悉當理。患難見交情，緩急資憑恃。四處共晨夕，道義相砥礪。初交在白門，巴渝共艱否。避地赴臺員，又復相依倚。論交尚古人，管鮑差可擬。自我來芳洲，關念殊未已。幾次辭君召，只爲重遷徙。兩地久暌違，聞訊心則喜。仲春逢佳辰，七十人生始。

梁孟慶齊眉，盈堦生蘭芷。弟子盈萬千，高山齊仰止。君宜稍自娛，何時共樽簋？

奉和孔鑄禹兄七四自詠

聖門無下士，海外早相知。偉略宜爲國；（君早年參軍政）壯懷欲化夷。（曾主孔聖堂）吟哦恒乘興；月旦渾忘私。且共杯盤樂，稀年待盛時。

奉酬梁康丞尊兄七十自訟詩並補祝稀年雙壽

八閩稱多士，梁氏昆仲賢。余識季方早，海隅共青氈。君非池中物，新陸文教宣。七十謙自訟，詩史寄華編。身世同國運，坎坷志彌堅。駝峯策飛渡，外助欣聯翩。書生紓國難，只此已足傳。況復事絃誦，華化播眞詮。餘事詩書畫，三絕孰雷軿。紐約爲君客，雅意何拳拳？高風著林下，玉樹復爭姸。老矣自怡適，持觴且樂天。

壽阮毅成兄七十

巴黎翩翩話阮郎，阮郎今年亦七十。歲月悠悠去不留，松柏長青淸光挹。花都昔游盡少年，君家昆季獨鶴立。更有眷屬比神仙，我亦偕婦同負笈。

乘時同懷報國心，我治哲教君學律。學成先後各賦歸，上庠敷敎分南北。
北都取士君常來，舊游共話情何密？驀地神州起風雲，國難犇赴各投筆。
十年政聲著梓桑，書生原亦有治術。西湖早有阮公墩，君爲故堆增顏色。
湖山管領自徜徉，三句不離君家物。白傅坡翁是前身，輸君危難著治績。
大陸變色聚芳洲，我復與君共晨夕。往事追懷徒唏噓，守身待時未自逸。
偶以閒情寄謌詩，文采風流孰與匹？赴難又復聚台員，通家往還情逾切。
偶然無冕漫稱王，助君社評時撰述。農工企業闢富源，調協黨政紛議息。
無試不利見全才，更有餘力事編輯。政論文學撰作多，功名富貴直鷄肋。
多姿多采著生平，老來寄趣在篇什。林下久已仰高風，更欽孟光參議席。
芝蘭玉樹生庭階，獻壽開筵芳菲積。故人飄零在海隅，持尊遙祝長安吉。

壽程稺秋師八十

三千弟子立程門，一老巋然齒德尊。學府議壇推上座，舊洲新陸迓高軒。
交流文化開風氣，廻障狂瀾費講論。孤抱不忘崇魏闕，歲寒松柏慶長存。

題阮毅成兄三句不離本杭文集

管領湖山屬雅人，坡翁白傅溯前身。杭州本是君家物，三句不離味倍醇。

甲寅三月十七日芳洲社仝人禊集，共得十四人，各用十四鹽韻分詠。余誤記用寒韻成詩

禊集芳洲唱和難，陽春古調今人彈。漫長日月閒中逝；寂寞江山醉裡看。諸老聯吟增逸興；一堂聚首有餘歡。年年共此杯盤樂，松柏長青保歲寒。

送張子纓兄返美三首

北庠共講記當年，異地重逢人境遷。百劫曾經餘白髮，歲寒同保志彌堅。羣雄國際肆爭衡，樽俎周旋意未平。誤國何人青史在，孤懷迷惘有公評。㊀煮酒論詩興未賒，㊁天留三老水之涯。驪謌一曲君將去，何日重返長者車？

㊀君有迷惘集出版，內多外交祕辛。

㊁每月君與李幼椿兄及余相聚兩次，商論詩詞。

六七年二月二日梁和老伉儷邀宴紐約市紅樓。在座有薛光前、董為公、陳裕清諸兄暨夫人。醉酒飽德，其樂無藝。賢主人命為詩紀之。爰賦古風一章作抛磚之引。即柬在座諸伉儷，求諟正焉

天寒人情暖，嘉會集羣賢。粱孟好賓客，移案開盛筵。紅樓有名廚，美饌滿尊前。鯫生來海角，何幸飽肥鮮？座中凡九客，叙齒當稀年。薛公樂康復，夫人美名傳，董史秉直筆，內助出蜀川。潁水賢夫婦，黨政闡眞銓。一堂滿俊彥，叨陪欣比肩。同飲失季方，(謂梁公介弟康丞兄)傷逝轉泫然。人生故無常，且樂此杯棬。主人樂不疲，雅興動吟箋。韻事賡蘭亭，敢爲諸公先？謬作巴人唱，好詩望聯翩。

贈夏叔美詩翁用香港詩壇諸君子韻

紛紛往迹俱成塵，海外逍遙自在身。詩國振風欽一老；僑邦繼響歎無人。彌堅晚節存三徑；轉黑華巔慶再春。萬里去來腰脚健，高年矍鑠見精神。

翠園祖餞幼椿學長承贈長句，依韻奉和即以贈別

清介行藏不染塵，徵君樂得自由身。弘文此日成多士；仗劍當年懾萬人。
結社豪情隨逝水；起元貞卦卜來春。（用多盡春不遠意）美東且羨鞭先著，老友婆娑各有神。

戊午秋將赴美別士選仍用神字韻　李璜

仗劍曾誇靖虜塵，蹉跎今愧等閒身。文章於我爲餘事；誠悃如君有幾人？
子舍關懷嗟老境；名山無份惜殘春。美東憶昔初言別，秋意當時已愴神。

美國總統卡特函賀梁和鈞先生八七華誕，事非尋常，詩以紀之，並補祝和老嵩壽

壽言一紙白宮來，未令先生霽色開。正義嚴詞驚闕閣；高風亮節著瀛台。
可堪納軌無魁傑？卻喜乘桴有雋材。南極星光增熠燿，如椽史筆動風雷。

壽陳立夫先生八十

六十七十壽公詩，今年欣逢公八十。天留一老振斯文，微公斯文孰與立？

紛紛成敗安足論，國是所重在諸輯。偉哉先知覺後知，宗國存亡繫呼吸。
名滿天下謗亦隨，此心可以質天日。海外歸來兩袖風，救亡惟有口與筆。
瘏口嘵音動膠庠，所期只在箴疚疾。不恤齒豁與頭童，兀兀窮年勤著述。
文化命脈仗葆持，貞下起元事可必。憶昔學部相從時，泉深慚以短綆汲。
七載隨公振絃歌，握髮吐哺如不及。有教有養且有歸，遂令天下英才集。
於今建國豪俊多，當年儲備何切急？四十餘載一瞬間，回味無窮樂輔弼。
暮齒遠慕天一方，清秋欣逢慶八秩。素仰林下著高風，況復芝蘭滿堂室。
桑榆佳景足歡娛，老來公宜稍自逸。隔海爲公進一觴，祝公百年長安吉。
長安吉，佇看國運丕變四海壹。

春雷新詩社林社長仁超贈詩，敬和一絕

醉人雅度勝千杯，更有新詩啓未來。近體古風同一冶，融和風氣賴君開。

農圃道新亞研究所與中學校園舊植鳳凰木，十數年從未著花。今年忽花開滿樹，燦爛奪目，喜賦一絕天心人意豈相違？陰極陽生繼昔煇。農圃一株欣獨秀，不同眾卉鬥芳菲。

贈王源美教授

久從學府仰鴻名，身試刀圭塊壘平。重道輕財傳絕藝，手栽桃李滿寰瀛。

芳洲社諸老集錦江餐館為徐義衡兄祝壽。義衡賦詩為謝。爰步原韻奉和一律

良時共憶錦江春，往事悠悠陌上塵。有幸他鄉爲寓客；無端我輩作詩人。
悲歌慷慨行雙島；儒雅風流集一身。城北徐公誰比美？且聽諸老賦亡秦。

為余世鵬教授題所著尋夢谷小說

粲花妙筆溯前盟，尋夢年年夢久縈。地老天荒情未了，奇緣更祝結來生。

薛光前兄輓詩

頻年喪師友，海外又哭君。久病望健復，噩音竟報聞。㊀溯君生平事，中外揚清芬。

異邦興華學，作育何劬勤？病魔肆侵襲，忍死振斯文。神州方鼎沸，憂心更如焚。
西報淆聞聽，成雷如聚蟁。亦有不肖士，變節何紛紛！誅伐仗健筆，威抵十萬軍。
華堂紐約建，中山教無垠。(二)盛會凡兩集，正言靖邪氛。(三)文化稱大使，景星著嘉勛。(四)
一瞑歸國土，今始息勞筋。我與君交久，濡沫見情殷。學行欽困勉，(五)卓然歎出羣。
奈何君不作？從此幽明分。哭君餘涕淚，吾意更何云？

(一) 聞君就醫台北，余去函慰問。函方在途而君凶問至。
(二) 君於主講之聖約翰大學興建中山堂。
(三) 君在美曾召集兩會，一會研討中華民國政府建國前十年之成就。另一會研討我國對日抗戰歷史。均有中英文專集出版。
(四) 君始從事外交未克展所長。但肆力宣揚中國文化，終獲大使美稱。又曾榮獲我政府頒給景星勛章。
(五) 君有回憶錄名「困行憶往」。

唐君毅兄周年祭

哭君猶昨日，一歲忽已經。公私兩塗炭，何以慰君靈？國步益艱險，世故滿酸辛。
友邦寒盟誓，絕交若迅霆。變節嗟士類，如蟻坿羶腥。翻覆作雲雨，謬論正盈庭。
友道亦陵夷，故交成尹邢。黠者事播弄，是非淆視聽。逝者亦何幸？有知應不寧。

惟君爲醇儒，皭然垂典型。黌堂繼君志，絃誦響未停。友生同營奠，俎豆溢芬馨。

張子纓兄輓詩

三葉飄零一葉凋，人生聚散不崇朝。清談往事成陳迹，萬里雲山噩夢遙。

幽居太平洋之濱有懷香港詩壇諸詞長

吟壇諸老近如何？別後光陰半載過。遷客離羣岑寂甚；遠人念舊感懷多。網珠絕筆哀詩伯；僑邑因風憶玉珂。縱目汪洋千萬里，茫茫只見去來波。

庚申生朝感懷八首

草草浮生八十年，老猶稱健賴先天。故台淒黯松楸折，母難重重涕淚漣。（一）

清寒家世莫爲先，四代舌耕守一氈。樂育英才資國用，後生多少勝前賢。

事功學問兩無成，歷劫何堪說苦辛？不忮不求心自泰，天涯留得自由身。

自甘淡泊不憂貧，陋室蝸居自有春。且喜桑榆娛晚景，行吟時在大洋濱。（二）

汪洋萬里望鄉關，何日重光得再還？鼎沸神州容袖手？雖臻暮齒愧休閒。

教育文存百萬言，作人哲理待重溫。中西衆派期融會，德義知行欲俱尊。

家人子女晚相依，老適異邦與世違。猶有丹心存魏闕，平生志事未全非。

多謝親朋慶賤辰，詩文頌錫竝多珍。異邦異俗難爲壽，薄酒爭如故舊醇？

㊀生朝爲母難日。先母葬南京雨花台。其墓被迫兩遷。窀穸難安，又一難也。

㊁現居美國西部濱太平洋。

壽吳嵩慶兄八十

五十年前憶舊遊，巴黎風物自悠悠。羡君文武兼資質；愧我凡庸下駟儔。

足食足兵關大計；富民富國展嘉猷。天涯行遍人難老，柔遠還須借箸籌。

壽孔鑄禹兄八十

香島聯吟興未賒，豪華綺席燦雲霞。詩壇門均推高手；海角尋幽泛小艖。

叔世獨行崇志節；嘉辰雙慶屬邦家。天涯遙寄岡陵頌，覓句不辭老眼花。

壽柯樹屏直帆兄八十三首

十年共事歷艱辛，京漢渝臺遷播頻。翼教育才多獻替，恂恂儒者志忠純。

書林廣植振斯文，鋁槧張羅夙夜勤。益智牖民弘教化，華編滿屋溢芳芬。
韶光易逝俱成翁，飄忽人生似轉蓬。故舊凋零存幾許？餘生相慶隔洋同。

壽王裕凱兄八十四首

四十年前已識荆，大江南北共知名。平生志業相期許，垂老未忘事舌耕。
香江興學憶當年，外阻重重志愈堅。吾土吾民非化外，右文翼教共羣賢。
世事悠悠歲月更，異邦重晤倍關情。欣看桃李盈中外，把臂時時念舊盟。
高風林下久欽遲，一往情深見悼詞。且喜懸弧逢八秩，承歡萊舞有佳兒。

壽胡建人兄八十

傳經績漢胡，君出道不孤。振鐸五十載，成材多璉瑚。鄉校育才俊，國學坐氈氍。
學部有徵召，君復供馳驅。神州倏變色，隨部赴行都。流亡賴撫輯，弦誦響巴渝。
達難來香澥，教澤海外敷。文化堅堡壘，民心收桑榆。爲國選多士，滄海少遺珠。
化育萬千人，儲材在海隅。報國建殊勳，儕輩孰能逾？君復篤友誼，久要情不殊。
故交有凋喪，孑遺仗翼扶。患難見交情，緩急資沫濡。溯我與君交，憂樂久相俱。

南雍共晨夕，相勉君子儒。學部繼共事，匡助何勤劬？播遷來芳洲，艱險匪言喻。硯田理舊業，世路多崎嶇。道義相砥礪，所慕在泗洙。平生肝胆交，數君意氣孚，幾度與君別，相念在遠途。我愧早休致，君猶勤宵旰。晚歲樂天倫，蔗境應自娛。海角冬景麗，八秩慶懸弧。故人在天涯，萬里傳歡呼。仁者壽無極，進酒傾觴壺。

贈李天齊鄉學兄一絕

圖書佳製著聲聞，鉊槧張羅夙夜勤。大雅扶持無俗韵，多君高誼播清芬。

洛杉磯益壯會成立十周年賦詩祝賀

有會人益壯。千老慶十年。東西南北人。萍聚大洋邊。異邦難爲客。求友思聯翩。偉哉陳夫子。（謂陳錫恩教授）創會揚先鞭。十年慶功成。繼武有泉賢。與會多耆彥。海外樂休肩。去國日以遠。抱道志彌堅。偶然事講論。華化賴敷宣。佳節多盛會。杖履赴華筵。童顏與鶴髮。婆娑愈增妍。美饌竝佳釀。紛然列樽前。更有善歌者。雅音雜管絃。仿佛在故郡。渾忘情境遷。美西景物佳。四時百花鮮。況有廣厦起。安老有采椽。雖有故國思。何日得言旋。且耽杯盤樂。美意欣連綿。人共會長壽。舉觴祝十全。

蘇浙公學二十五年校慶代校友會獻董事長徐公季良頌詞

穆穆徐公，人中之龍。挺生浙右，靈秀所鍾。亦商亦學，眾流所宗。僑郡結社，
鄉彥景從。餘力興學。黌舍重重。維我公學，媲美辟雍。教我育我，恩重情濃。
弟子六千，俱樂陶鎔。成德立業，爲民前鋒。愛鄉愛國，壯志在胸。二十五載，
仰公姿容。如雲中鶴，如不老松。高山仰止，樹木葱蘢。逢校有慶，致敬克恭。
高歌頌德，聲協笙鏞。

太平洋之濱漫步口占

萬里汪洋極壯觀，無拘歲月任盤桓。古今多少興亡事，只當南柯夢裡看。

壽劉季洪兄八十

季子挺生淮海圻，育才選士著清徽。春風化雨留黌舍；瑞靄祥雲湧棘闈。
玉尺量才多俊造；滄波在網盡珠璣。位高望重人長壽，故舊歡呼薄翠微。

壽李幼椿學長九十

八旬上壽記吟哦，轉眼光陰十載過。世變未容人久隱；時艱遂令井重波。

平亭眾議紛爭少；率導羣倫獻替多。一老天留曾左後，中興事業待規摩。

壽楊亮幼尊兄九十

太學連臯比，距今五十春。八秩公壽我，今慶公九旬。悠悠世間事，紛然多成塵。

惟公崇明德，海內推完人。國庠早成業，西學更問津。歸來勤化育，祭酒在成均。

滬皖成多士，濟濟席上珍。柏署著風操，星軺紀艱辛。試院掄才俊，廟堂秉國鈞。

雖然居清要，依舊一吟身。文化比中西，著作日日新。晚年闡聖教，繼美海寧陳。

儒學重儒行，公是醇之醇。我與公交久，北雍記夕晨。平生相期許，所志在傳薪。

國運有屯阨，大道未沈淪。公今登大耋，百福欣駢臻。臺員風景麗，珍重此佳辰。

故人遙致祝，舉杯大洋濱。

壽阮毅成兄八十

天臺未駐歸無因，避地阮郎慶八旬。儒雅風流人不老；忠勤淸愼譽猶新。文章華國名長著；政法匡時世所珍。別後西湖誰作主？稱觴此日憶蘆蒓。

壽佘井塘先生九十

吾蘇人才盛，賢豪時輩出。山川鍾靈秀，無間江南北。偉哉興化佘，才華何洋溢？政事媲張韓，（張季直 韓紫石）藝文鄭李匹。（鄭板橋 李審言）問世踰周甲，勳功著輔弼。民政惠桑梓，川渝敷教澤。大盜嗟移國，臺員冠蓋集。賈勇贊中樞，雍容致和輯。遂憑彈丸地，危難存社稷。猶復事吟咏，雅音存篇什。七秩壽賤辰，鯫生愧獎飾。學部記追隨，韶光駒過隙。歲寒松柏心，相守無慚德。自古仁者壽，公今壽九十。杖履娛晚景，林下風致逸。玉樹生庭階，亭亭見秀質。美意應延年，期頤自可必。隔洋頌公壽，愧無生花筆。

疊東坡詩壁字韵祝長者友好者壽

東坡海南贈息軒道士詩用壁字韵。時賢喜疊其韵，相與唱和。念年前李幼椿學長七十，嘗以壁字韵自壽。其後十年，余疊韵賀其八十。迨後鄉長費子彬翁九十，余少颿詩翁八十，香港詩壇何敬羣、涂公遂、王世昭、王韶生、文叠山諸詞長，又先後慶八十七十，余均叠壁字韵為壽。玆輯錄以資紀念。諸老中費翁與巽翁已歸道山。其他均矍鑠健在。李幼老且躋九秩高年。余亦虛度望九矣。均別有壽詩，以非叠韵不錄。

其一　壽李幼椿學長八十

祝嘏逢新春，事功欽往日。公是人中龍，雄才一當十。國難思老成，朝野望公出。高蹈豈待時？光陰駒過隙。講學歸上庠，聲洪猶似昔。少年憶結盟，議論滿前席。獨慕聖之清，清光照滿壁。

其二　壽費子彬鄉長九十

詩壇多耆宿，祝嘏每排日。先後壽兩翁，叠均還用十。懸壺在南天，國手不世出。一帖繼孟河，活人無閒隙。翁自隱於醫，高抱猶往昔。月月會芳洲，清吟動筵席。更欽林下風，丹青耀閨壁。

其三　壽余少颿詩翁八十

嶠嶠南海余，聯吟憶曩日。往還多耆賢，公今亦八十。健筆寫詩篇，公才不世出。硯田勤耕耘，光陰爭寸隙。採風遍楚庭，雅音存往昔。晚景樂桑榆，不復耽講席。援佛以入儒，安用學面壁？

其四　壽何敬羣詞長八十

遯翁筆墨勤，述作無虛日。兀兀以窮年，忽然踰八十。庚年溯賤辰，壽我詩叠出。相別近五載，韶光駒過隙。共事記農圃，右文猶夙昔。詩詞曲三絕，高手避前席。桃李被春風，清芬溢四壁。

其五　壽涂公遂詞長八十

香澥二十年，奉敎日復日。壽域慶同登，公亦晉八十。西江衍宗派，浮海佳篇出。茗椀記追陪，聯吟無閒隙。離羣忽五載，瞻仰今猶昔。講壇復議壇，多士推前席。南極燿雙星，光芒照東壁。

其六　壽王世昭詞長八十

八閩鐵髯王，劬學不計日。臨池水盡黑，功力一抵十。行艸多奇姿，落筆龍蛇出。
去來東南亞，迅如駒過隙。閱世八十年，豪情今猶昔。餘興及詩文，騷壇推前席。
巍巍大觀樓，琳瑯滿華壁。

其七　壽王韶生詞長八十

海外憶懷冰，論文記曩日。香江數文豪，屈指不逾十。惟公筆生花，佳篇聯翩出。
學府勤講授，清言無瑕隙。閱世八十春，抱道如夙昔。昔嘗連臯比，今獨守一席。
桃李競芳菲，春風拂東壁。

其八　壽文疊山詞長七十

詩壇憶文子，茗敍日復日。餘力事貿遷，操奇百贏十。又復憂國事，臺員時入出。
新詩精裁製，揣摩無縫隙。相別近五載，丰標想如昔。七十今不稀，稱觴仍滿席。
豪華樓依舊，清吟動華壁。

附錄

輓　聯

輓外祖母薛徐太夫人

災劫盡歷，艱苦備嘗。惟懿德彤史永垂，人世憂患何足數？
深恩未酬，重雲已渺。詎噩耗白門驚報，天涯游子不勝悲。

輓伍光建先生

與哲嗣瀛海同舟，文采風流欽家學。
惟我公譯場祭酒，信達爾雅勝前修。

輓陳果夫先生

抗俄反共，以先知覺後知，苦口每關天下計。
撫蘇導淮，於治省見治國，甘棠長繫鄉人思。

輓馬元放襟弟

不死於寇，竟死於盜。傷心豈獨爲姻婭？

生而爲英，沒而爲靈。復國還須仗鬼雄。

輓唐君毅太夫人

教子成名儒，孝思永錫。此日帷帳興悲，蓼莪廢讀。
倚閭傷永訣，客舍難安。他年收京上冢，追祭椎牛。

輓蔣孟鄰先生

謙光傷永逝。名滿遐邇，道通古今。掌邦教，興農村。似此完人能有幾？
渥遇感平生。畀席上庠，延譽中國。商文存，談學問。如公知己已無多。
「孟鄰文存」余爲編次。「談學問」問世，承囑書後，列入再版。

輓趙故董事長蔚文先生

守經崇法，窮且益堅。亮節高名垂海外。
翼教右文，老而彌篤。春風化雨在人間。

輓吳兆棠昭儻兄

治學、治事、治人，惟克己爲先務。不愧青年楷範。
有爲、有猷、有守，以救國作前提，允稱吾黨賢豪。

輓周厚樞星伯姻兄學長

是教育家，是實業家。一生盡瘁，才高於位。
爲戚鄙痛，爲社會痛。千里寄哀，情溢乎詞。

輓張厲生少武先生學長

臥病閱七八年。室無宿糧，心如止水。崇廉可勵後死。
論交逾三十載。學問切磋，事業提携。相期無負平生。

輓蔡貞人校董

事貨殖，育英才。遺愛猶存農圃。

列議壇，勤國事。高標長著潮陽。

輓王道貫之兄

歷二十年獨力創刊人生。瀝血披肝，始終一貫。
與少數人同心匡扶學統。揚清激濁，中外同欽。

輓黎蒙戚華兄

巴黎記同門，孜孜兀兀，學共淵源。卅載相知成幻夢。
亞洲遍行脚，栖栖皇皇，志在匡復。一瞑不視有餘哀。

輓姜景程稚輝學長

共學締交逾六十春。昨年猶承厚餽，異地更見相親。噩耗驟聞，痛失良友。
處事待人無二三德。劫後雖有餘哀，晚景正堪欽羨。蘭階競秀，合振家風。

輓張丕介兄

育才垂典範。長經濟，能文章，桃李滿門哭此日。
創校歷艱辛。始桂林，繼農圃。風雨同舟記當年。

輓相菊潭學長

社教祭酒，字學權威。鉅製兩編名不朽。
國喪賢良，我失模楷。高標千古思無窮。

輓蔣樹勳建白兄

畢生盡瘁政學工商。黨國人才，又弱一個。
遺型長留臺滬蘇皖。江淮健者，合有千秋。

輓吳稼秋宗兄

爲季子苗裔，素篤友情崇祖德。
具長者高風，並留文采光詩壇。

輓潘公展先生

崇論弘議，憫時憂國。一息尚存猶橐筆。
高風勁節，立懦廉頑。九洲未復永銜悲。

輓丁熊照鄉長

白手起家。興實業，塞漏巵。寰宇傳盛名，允稱工商鉅子。
丹忱爲國。闢異端，全晚節。僑鄉尊耆舊，不愧民族完人。

輓陳慶瑜瑾功學長

財經鉅子傷凋零。難得廉潔奉公，只餘兩袖清風，數楹官廨，
膠庠同學推翹楚。猶憶精勤勵志，相期有裨當世，無負平生。
瑾功學長與余等共十三人在東南大學肄業時，曾組織一勵志會，名曰元社。

輓族弟養和一中

棘闈蜚聲，宦鄉遺愛。無術起沈疴，祖國山丘傷邈遠。
勤樸勵行，廉介持躬。完節歸大化，吾宗枝葉歎飄零。

輓許孝炎社兄

新聞門士，文化干城。海外聲聞垂不朽。
學府同門，協會共事。生平志節永相期。

輓楊亮功夫人

六十年間，相夫居清要，教子成良材。井臼親操崇儉樸。
三千里外，去鄉日以遠，家計日以寬。福壽全歸極尊榮。

輓丁衍鏞先生

行誼好古敏求，先知覺後知。高賢自古終寂寞。

藝風創新競勝，後浪逐前浪。丹青於今失老成。

輓馬廷英兄

青木關邂逅，溫州街居停。四十載論交，友情銘刻珊瑚石。
大陸見漂移，原油明演化。億萬年探秘，學術垂著地質篇。

承贈採集所得珊瑚化石一方，爲億年古物。余刻爲名章。所著大陸漂流及石油成因兩篇，爲國際地質學界所推重。

輓方東美社兄

清介持躬，嚴謹治學。究天人，通中外。舉國從遊推泰斗。
少年結社，叔世論交。念建業，尊桐城。彼蒼不弔奪者賢。

輓唐君毅兄

桂林術，農圃道，創校護校。二十年艱苦共嘗。文化幸留一脉，弘教正仗先知。奈何天奪賢哲！

崇聖學，育英才，經師人師。三千衆菁莪同仰。賦別僅經四旬，噩耗忽傳遠海。可憐我哭良朋。

又

學不厭，誨不倦。遺著數百萬言，從學三千餘衆。山頹木摧，哲人其萎。闡義理，究天人。立身堪爲世範，衞道每作前驅。人亡國瘁，薄海同悲。

輓羅香林元乙兄

儒林慟凋殘。方唐辭世，又弱一個。史學重承繼。粱朱傳人，合有千秋。

輓梁敬錞康丞兄

違離在異邦。難兄難弟，傷雁行折翼。傳述見淵識。亦法亦儒，欽學府貽芬。

輓業師宗孝忱敬之先生

文章書法垂不朽。弟子三千餘人，薪盡火傳，公其無憾。
髫齡白首憶從遊。師門六十五載，山頹木壞，我誰與歸？

輓甘家馨友蘭兄

有著作傳世，有遺屬繼輝。九原應無餘憾。
爲黨國宣勤，爲教育盡瘁。八區永著賢聲。

輓黃華表二明先生

松筠欽晚節。著作等身，卅載勤編裨後學。
膠庠憶昔遊。文章知己，一尊細論失斯人。

輓潘嫂念荅黃夫人

爲大師女，爲學士婦。異代謝孟傳韻事。

有續史才，有詠雪篇。早年荆楚著聲聞。

輓姚琮味辛詞長

將星隕沈，猶遺六韜偉略。
詩國震撼，爲壞五言長城。

輓盧元駿聲伯兄

絕唱繼吳盧，雅音未作廣陵散。
遺愛在庠序，師道允符勸學篇。

輓陳啓天修平學長

政黨魁雄，樞府諍友。曾左以後，歎息國士又弱一個。
几硯相共，患難同經。甲子重逢，傷心學儕更餘幾人？

公與愚夫婦同畢業於南京高等師範學校教育科甲子級，級友凡二十六人。級歌有「六十年後二十六人不少一個」之句。今甲子重逢，級友已多凋零，公又作古。級友健存無幾矣。

輓陳大齊百年先生

碩學清望，中外共仰。
蕃祉遐齡，福壽全歸。

輓賴璉景瑚先生

譽滿新洲，心存魏闕。正首山丘君無憾。
弘議偉論，發聵震聾。橐筆天涯孰繼輝？

輓馬繼援小波兄

七八載患難相共。歷武漢川渝京都。撫流亡，賡絃誦，慶匡復，艱辛從政俱助我。
數十年慘苦備嘗。經國難家仇身禍。喪父兄，離妻子，陷囹圄，淒涼辭世劇憐君。

又

數十載存亡莫卜。聞噩音，哀身世，哭君此日。

幾千里患難相從。撫流亡，賡絃誦，共我當年。

輓江厚塏鄉兄

爲校盡勞，爲會殉職。克己奉公，功在桑梓。
嚴以立教，勤以持躬。成材濟世，名垂港臺。

輓浦大邦世兄

以學問志節報國，以孝弟慈愛持躬。噩音忽傳，痛惜賢良偏不壽。
爲物理算數名家，爲黌府士林楷範。鐸聲永寂，嗟問天道竟何親？

輓余井塘先生

樞府樹清操，坐鎮雅俗。
鄉邦頌遺愛，垂著典型。

又

克己生平，窮且益堅，可以風世勵俗。

愛國情操，老而彌篤，庶乎立懦廉頑。

輓鄭通和西谷兄

一生盡瘁教育。鐸聲遠振，寰海俊髦仰泰斗。
四年暌違丰儀。噩音驚傳，隔洋悲思繫台瀛。

輓張其昀曉峯學長

一代文宗，靈歸天上。
十萬弟子，心喪瀛寰。

滄海叢刊已刊行書目(七)

書名	作者	類別
文學欣賞的靈魂	劉述先	西洋文學
西洋兒童文學史	葉詠琍	西洋文學
現代藝術哲學	孫旗譯	藝術
書法與心理	高尚仁	藝術
音樂人生	黃友棣	音樂
音樂與我	趙琴	音樂
音樂伴我遊	趙琴	音樂
爐邊閒話	李抱忱	音樂
琴臺碎語	黃友棣	音樂
音樂隨筆	趙琴	音樂
樂林蓽露	黃友棣	音樂
樂谷鳴泉	黃友棣	音樂
樂韻飄香	黃友棣	音樂
色彩基礎	何耀宗	美術
水彩技巧與創作	劉其偉	美術
繪畫隨筆	陳景容	美術
素描的技法	陳景容	美術
人體工學與安全	劉其偉	美術
立體造形基本設計	張長傑	美術
工藝材料	李鈞棫	美術
石膏工藝	李鈞棫	美術
裝飾工藝	張長傑	美術
都市計劃概論	王紀鯤	建築
建築設計方法	陳政雄	建築
建築基本畫	陳榮美 楊麗黛	建築
建築鋼屋架結構設計	王萬雄	建築
中國的建築藝術	張紹載	建築
室內環境設計	李琬琬	建築
現代工藝概論	張長傑	雕刻
藤竹工	張長傑	雕刻
戲劇藝術之發展及其原理	趙如琳	戲劇
戲劇編寫法	方寸	戲劇

滄海叢刊已刊行書目㈥

書名	作者	類別
人生小語㈠㈡	何秀煌	文學
印度文學歷代名著選(上)(下)	糜文開	文學
寒山子研究	陳慧劍	文學
孟學的現代意義	王支洪	文學
比較詩學	葉維廉	比較文學
結構主義與中國文學	周英雄	比較文學
主題學研究論文集	陳鵬翔主編	比較文學
中國小說比較研究	侯健	比較文學
現象學與文學批評	鄭樹森編	比較文學
記號詩學	古添洪	比較文學
中美文學因緣	鄭樹森編	比較文學
比較文學理論與實踐	張漢良	比較文學
韓非子析論	謝雲飛	中國文學
陶淵明評論	李辰冬	中國文學
中國文學論叢	錢穆	中國文學
文學新論	李辰冬	中國文學
分析文學	陳啓佑	中國文學
離騷九歌九章淺釋	繆天華	中國文學
苕華詞與人間詞話述評	王宗樂	中國文學
杜甫作品繫年	李辰冬	中國文學
元曲六大家	應裕康 王忠林	中國文學
詩經研讀指導	裴普賢	中國文學
迦陵談詩二集	葉嘉瑩	中國文學
莊子及其文學	黃錦鋐	中國文學
歐陽修詩本義研究	裴普賢	中國文學
清真詞研究	王支洪	中國文學
宋儒風範	董金裕	中國文學
紅樓夢的文學價值	羅盤	中國文學
中國文學鑑賞舉隅	黃慶萱 許家鸞	中國文學
牛李黨爭與唐代文學	傅錫壬	中國文學
浮士德研究	李辰冬譯	西洋文學
蘇忍尼辛選集	劉安雲譯	西洋文學

滄海叢刊已刊行書目(五)

書名	作者	類別
燈下燈	蕭蕭	文學
陽關千唱	陳煌	文學
種籽	向陽	文學
泥土的香味	彭瑞金	文學
無緣廟	陳艷秋	文學
鄉事	林清玄	文學
余忠雄的春天	鍾鐵民	文學
卡薩爾斯之琴	葉石濤	文學
青囊夜燈	許振江	文學
我永遠年輕	唐文標	文學
思想起	陌上塵	文學
心酸記	李喬	文學
離訣	林蒼鬱	文學
孤獨園	林蒼鬱	文學
托塔少年	林文欽編	文學
北美情逅	卜貴美	文學
女兵自傳	謝冰瑩	文學
抗戰日記	謝冰瑩	文學
我在日本	謝冰瑩	文學
給青年朋友的信(上)(下)	謝冰瑩	文學
孤寂中的廻響	洛夫	文學
火天使	趙衛民	文學
無塵的鏡子	張默	文學
大漢心聲	張起鈞	文學
回首叫雲飛起	羊令野	文學
康莊有待	向陽	文學
情愛與文學	周伯乃	文學
湍流偶拾	繆天華	文學
文學邊緣	周玉山	文學
大陸文藝新探	周玉山	文學
累廬聲氣集	姜超嶽	文學
實用文纂	姜超嶽	文學
林下生涯	姜超嶽	文學
材與不材之間	王邦雄	文學

滄海叢刊已刊行書目㈣

書名	作者	類別
中國歷史精神	錢穆	史學
國史新論	錢穆	史學
與西方史家論中國史學	杜維運	史學
清代史學與史家	杜維運	史學
中國文字學	潘重規	語言學
中國聲韻學	潘重規 陳紹棠	語言學
文學與音律	謝雲飛	語言學
還鄉夢的幻滅	賴景瑚	文學
葫蘆・再見	鄭明娳	文學
大地之歌	大地詩社	文學
青春	葉蟬貞	文學
比較文學的墾拓在臺灣	古添洪 陳慧樺	文學
從比較神話到文學	古添洪 陳慧樺	文學
解構批評論集	廖炳惠	文學
牧場的情思	張媛媛	文學
萍踪憶語	賴景瑚	文學
讀書與生活	琦君	文學
中西文學關係研究	王潤華	文學
文開隨筆	糜文開	文學
知識之劍	陳鼎環	文學
野草詞	韋瀚章	文學
現代散文欣賞	鄭明娳	文學
現代文學評論	亞菁	文學
當代臺灣作家論	何欣	文學
藍天白雲集	梁容若	文學
思齊集	鄭彥棻	文學
寫作是藝術	張秀亞	文學
孟武自選文集	薩孟武	文學
小說創作論	羅盤	文學
往日旋律	幼柏	文學
現實的探索	陳銘磻編	文學
金排附	鍾延豪	文學
放鷹	吳錦發	文學
黃巢殺人八百萬	宋澤萊	文學

滄海叢刊已刊行書目（三）

書名	作者	類別
我國社會的變遷與發展	朱岑樓主編	社會
開放的多元社會	楊國樞	社會
社會、文化和知識份子	葉啓政	社會
臺灣與美國社會問題	蔡文輝 蕭新煌 主編	社會
日本社會的結構	福武直 著 王世雄 譯	社會
財經文存	王作榮	經濟
財經時論	楊道淮	經濟
中國歷代政治得失	錢穆	政治
周禮的政治思想	周世輔 周文湘	政治
儒家政論衍義	薩孟武	政治
先秦政治思想史	梁啓超原著 賈馥茗標點	政治
憲法論集	林紀東	法律
憲法論叢	鄭彥棻	法律
師友風義	鄭彥棻	歷史
黃帝	錢穆	歷史
歷史與人物	吳相湘	歷史
歷史與文化論叢	錢穆	歷史
歷史圈外	朱桂	歷史
中國人的故事	夏雨人	歷史
老臺灣	陳冠學	歷史
古史地理論叢	錢穆	歷史
秦漢史	錢穆	歷史
我這半生	毛振翔	歷史
三生有幸	吳相湘	傳記
弘一大師傳	陳慧劍	傳記
蘇曼殊大師新傳	劉心皇	傳記
當代佛門人物	陳慧劍	傳記
孤兒心影錄	張國柱	傳記
精忠岳飛傳	李安	傳記
師友雜憶 八十憶雙親 合刊	錢穆	傳記
困勉強狷八十年	陶百川	傳記

滄海叢刊已刊行書目(二)

書名	作者	類別
老子的哲學	王邦雄	中國哲學
孔學漫談	余家菊	中國哲學
中庸誠的哲學	吳怡	中國哲學
哲學演講錄	吳怡	中國哲學
墨家的哲學方法	鍾友聯	中國哲學
韓非子的哲學	王邦雄	中國哲學
墨家哲學	蔡仁厚	中國哲學
知識、理性與生命	孫寶琛	中國哲學
逍遙的莊子	吳怡	中國哲學
中國哲學的生命和方法	吳怡	中國哲學
儒家與現代中國	韋政通	中國哲學
希臘哲學趣談	鄔昆如	西洋哲學
中世哲學趣談	鄔昆如	西洋哲學
近代哲學趣談	鄔昆如	西洋哲學
現代哲學趣談	鄔昆如	西洋哲學
思想的貧困	韋政通	思想
佛學研究	周中一	佛學
佛學論著	周中一	佛學
現代佛學原理	鄭金德	佛學
禪話	周中一	佛學
天人之際	李杏邨	佛學
公案禪語	吳怡	佛學
佛教思想新論	楊惠南	佛學
禪學講話	芝峯法師	佛學
圓滿生命的實現（布施波羅蜜）	陳柏達	佛學
絕對與圓融	霍韜晦	佛學
不疑不懼	王洪鈞	教育
文化與教育	錢穆	教育
教育叢談	上官業佑	教育
印度文化十八篇	糜文開	社會
中華文化十二講	錢穆	社會
清代科舉	劉兆璸	社會
世界局勢與中國文化	錢穆	社會
國家論	薩孟武譯	社會
紅樓夢與中國舊家庭	薩孟武	社會
社會學與中國研究	蔡文輝	社會

滄海叢刊已刊行書目(一)

書名	作者	類別
國父道德言論類輯	陳立夫	國父遺教
中國學術思想史論叢(一)(二)(三)(四)(五)(六)(七)(八)	錢穆	國學
現代中國學術論衡	錢穆	國學
兩漢經學今古文平議	錢穆	國學
朱子學提綱	錢穆	國學
先秦諸子論叢	唐端正	國學
先秦諸子論叢(續篇)	唐端正	國學
儒學傳統與文化創新	黃俊傑	國學
宋代理學三書隨劄	錢穆	國學
莊子纂箋	錢穆	國學
湖上閒思錄	錢穆	哲學
人生十論	錢穆	哲學
中國百位哲學家	黎建球	哲學
西洋百位哲學家	鄔昆如	哲學
比較哲學與文化(一)(二)	吳森	哲學
文化哲學講錄(一)(二)(三)(四)	鄔昆如	哲學
哲學淺論	張康	哲學
哲學十大問題	鄔昆如	哲學
哲學智慧的尋求	何秀煌	哲學
哲學的智慧與歷史的聰明	何秀煌	哲學
內心悅樂之源泉	吳經熊	哲學
哲學與宗教(一)(二)	傅偉勳	哲學
愛的哲學	蘇昌美	哲學
是與非	張身華譯	哲學
語言哲學	劉福增	哲學
邏輯與設基法	劉福增	哲學
知識·邏輯·科學哲學	林正弘	哲學
中國管理哲學	曾仕强	哲學